鎏金風華

陳燁　著

目次

第一章　膠囊天堂

1．O—N—I—N—I—

上個世紀八〇年代的中後期，正瑤提了一只紅皮箱來到台北城。首先，她被三位數字如二三六的公車號碼震懾住了；她家鄉的公車號碼從來沒有超過十隻手指頭，而且少了四和八。那一天中秋，正瑤嚐到了生命第一次的孤獨。學校宿舍空蕩如洗劫過的銀庫，她倚著三樓的窗口看大盤圓月，內心還充滿希望，幻想著衣錦返鄉之類的景象。正瑤無從得知上天的奧秘，比如她正要陷進台北都會，且永遠失去家鄉。她還不知道靈魂承受不了這麼多往事的壓力，會被自己和他人的情感刺破心臟。只是新奇，陣陣秋風從醉月湖吹向桃花心木道，竟然還躁熱！終究北回歸線以南成長的正瑤，對躁熱極有耐心。還有，在她望向中天明月時，根本無法想像她生命裡的一個愛人，該時刻正被他母親叫嚷著，在荒蕪郊區的簡陋公寓頂樓天台烤肉賞月，吃著月餅，八歲多，頑皮戴著柚子皮做的帽子，跟姊妹玩躲貓貓。

風聲如溪水漂浮，被掀起的鹽粒在夢中顫慄。正瑤心口流血不止，光線黯淡，她的形影逐漸模糊。起先，她以為聞到九層塔、迷迭香和馬鬱蘭的氣味，忍不住把舌頭吐出，一如Discovery頻道的巨鬣蜥畫面，過了不知多久，她才終於確定氣味是檳榔、甘蔗葉和小米酒時，那兩個女人挨擠著從狹窄蜿蜒的竹橋走過來……

橋底下溪流呼響咻咻。

ONINI，ONINI，O…N…I…N…I…熱騰騰的聲音乘著遙遠的時光浪濤航向她，「噓！我們偷溜過來的。」兩個女人說。

走前頭的一身白色鳳仙領旗袍，披著紅色絲綢斗篷，腳穿平底紅色繡花鞋。後頭緊隨的，一襲白色和服圍繫著西陣織的錦繡腰帶，腳踩著高齒黑色木屐。縫三顆珍珠的繡花鞋步履蹁躚，黑木屐的腳步細碎躓顛。

「唉，妳不該去看那什麼《10色液體》的實驗劇。」白旗袍女人來到她身畔，心情很激動。

「她根本在妄想，以為膠囊可以封住時間和愛情。妳怎麼教她的？」白和服女人趕上，不由分說搧來一巴掌；「打醒妳們這對聰明誤盡的母女。」

正瑤只看到風過，卻無痛感。

「阿母，她的輪廓開始消失，雪白光暈泛出了。」白旗袍女人對白和服女人呼救，努力要找一處可以回溯過往的入口。張慌失措的手足，讓她看來楚楚可憐。

正瑤發現這兩個女人肖像自己，或者自己肖像她們。

「可以請太阿祖米布思來為她做祭嗎？在預告文裡，她還未到歸靈時機，這是因為她性格缺乏魄力。米布思的祈禱文應該可以幫她止住心口的血流。」

「所以我要大聲斥責妳，妳對她沒有好好表達母愛，總是沉溺在自己的憂傷裡。因此，她失去了愛人的能力。」白和服女人的錦繡腰帶飄飛起來，生成一陣暖洋洋的風。她口中吐出一連串如梵語唄歌的聲響，有夜半磨牙的嘆息、鄉愁撕咬的呢喃、時間輾過的哨音。

白旗袍女人俯身看她，美麗大眼漾滿霧水。正瑤在那對眼眸的翳影看見自己臉龐的紋路，發現自己和對方融合著；她終於感覺到水，溫暖的水淌在臉龐。她成為人類發出的第一個聲音記憶，慢慢醒轉了。

「媽——」聲音那麼微弱。

「阿母，只剩下七天了，我們要在禁向祭開始前，阻止她走上狹窄的竹橋。那天頂飄揚的五彩旗幟一直誘惑她。但是，我確知她的人間歲月還未完未了。」母親孤寂的面容有熾烈的金光。

「妳是要求我冒犯被阿立祖拘禁甕底的大忌，偷溜出來，去找太阿祖米布思為她做祭祈禱？」

「無論如何，我都不能讓她錯過即將出現的、她生命中最輝煌的鎏金歲月。」母親解開紅色絲綢斗篷，鳳仙領白絲綢旗袍輝映著銀色月光。

正瑤憶起曾經在混亂的家族相簿中看過這些影像。外婆的婚禮，泛褐老照片下端，半吋黑底橫列著由右往左的白色漢字：「大正十三年郭連聯姻紀念」，新娘穿著眼前這襲白色和服、繫著西陣織的錦繡腰帶，還戴著白色有墜花裝飾的婚冠。

可是母親的穿著卻讓她困惑。

她隱約記得的是父親的壽衣，白西裝，淺藍直條細紋襯衫，背心加白西裝褲，藍銀領帶，黃金領帶夾。小牛皮黑皮鞋打了漂亮蝴蝶結。她爽快付了幾十萬現金，指定要台北博愛路鴻翔布莊的馬師傅縫製。

然後，她飛回府城，一個人去殯儀館。六名抬棺羅漢，一名誦經烏頭道士，全員整齊立著等待。父親躺在棺材大厝裡，墊被、枕靠、腳踏、裡被、覆衾、往生被，『福祿壽』浮印的米色綢緞，富麗榮華。入殮儀式極簡單，只除了空氣中飄散的詭異渾香，讓她一直頭疼。

當時母親在哪裡？似乎直到五位師父誦唸大悲咒引渡亡靈時，她才看見一身黑衣的母親。

為什麼記憶中有這個畫面——母親說：「這個是上海電影時代的蝴蝶，我最喜歡她的穿著打扮。」老舊的電影畫報上，一個穿白色鳳仙領旗袍、披著紅色絲綢斗篷的美麗女人，燦爛笑得春風盪漾。

正瑤想著，難道潛意識中她想把母親打扮成蝴蝶，讓她飛翔而去？令她撩亂的回憶。

她看見最後的自己，正踉蹌穿行灰黯的窄巷，試圖從那場實驗劇逃出；誰把酸澀的牛奶置放在滿桌的膠囊中？膠囊堆裡的凋零玫瑰迷惑著她，一根仍舊銳利的莖刺戳入她心臟，血液挾帶著重複的凌亂四面八方奔流。

「好吧，我去求阿立祖放她一條生路，妳陪著她，讓她感受母親的愛，勇敢渡過這不斷來襲的昏迷。」木屐活活響遠。

「女兒，我從來沒離開過。」母親的聲音柔和似銀。金銀花香氣包覆著她。

她們到底知不知道？正瑤心口湧出的血，對於非源自愛情的任何策略都毫無感應。止不了血的。

只剩喧囂無窮無盡，擾亂她越來越模糊的夢境。

2・所有密度通通沖走吧

正瑤在瓶瓶罐罐的膠囊藥品和健康食品前出神，玻璃杯裡盛滿的鮮奶已經不新鮮了。她的思緒在時空中穿梭飛翔，童年的夢幻，二哥的黯影，青春的自己……剛認識的唐駱用她等比例的四個不同律動照片，在公園廣場創作《Contact 林林》的裝置藝術；還有，「林正瑤，我是櫻櫻。」櫻櫻含情脈脈看著她，「我可以叫妳『林林』嗎？」

「我無法忍受妳跟唐駱在一起。」櫻櫻發狂喊叫著，「『Contact林林』是什麼意思？他故意到處炫耀跟妳的關係嗎？」

「那個櫻櫻看妳的眼神不對勁，」唐駱嘶吼著，「請妳離她遠一點！」

唐駱跟櫻櫻在她回憶裡無聲對吵，巨大的寂靜，讓她覺得世界震耳欲聾。只有眼前這不新鮮的牛奶加上膠囊可以讓她徹底解脫，她無意識喃喃：我對不起妳，櫻櫻。我必須要離開你，唐駱。

還有，是誰在對她朗誦濟慈的詩歌：「你必須屬於我，如果我想要，你就得死在刑架上。」請別讓謊言繼續在歲月迴響，你根本不可能做到的。

「記著我，當我離去
去到遠方那死寂之地
當你再也不能牽手留住我
我再也不能欲去還留
記著我，當你再不能天天
傾訴你對我們未來的憧憬
只須記著我；你知道
那時諫言和祈求都已太遲……」

她在一堆膠囊中瞥見一張紙箋，抄的是十九世紀女詩人克莉絲汀娜・喬吉娜・羅賽媞（Christina Georgina Rossetti）的「Remember」，彷彿是她的字跡，為什麼會抄這首詩呢？會要留給誰呢？她根本不希望任何人記得她，包括每日都在她四周空氣裡逡巡的阿Z。

你不要再回來了，看清這個現實吧，你登不上得到我的階梯——我是懸空飄幽的，根本沒有階梯。

她一面喃喃，一面把紙條捏成一小團，丟進馬桶，順便清空體內的尿液。沖水時，她看著馬桶的漩渦，水與人的密度是緊緊聯繫的，那麼，所有這一切，就通通沖走吧。

你們大家通通都消失不見吧！

不然，我自己消失不見吧。她開始吞膠囊，喝著不新鮮的牛奶。關於生命這場戰爭，唉。她繼續喃喃：「對於寂寞的人，戰爭是種喧嘩；對於瘋子，戰爭是種解脫。我不是這兩者，也是這兩者……」

3．向上帝借點時間

六月的最後一天。夏日午後黃昏，從大片潑灑的湛藍穿越而出的天空雲浪，激噴著，纏捲著，慢慢形成一個大海嘯，襲擊西天金光飽滿的夕陽。正瑤站在北緯二十五度二分，東經一百二十一度三十分的台北城南——台大校園椰林大道上，悶熱的空氣凝滯，微帶麵包發酵的氣息。椰樹枝葉搖擺，傳來青草收割的清新腥味。

她看了看腕錶，已經六點三十八分了，那個遲到大王胡瀚亞，他會前一秒對著她笑，讓世界一片春情駘盪；下一秒卻莫名說著：「妳知道，我現在還活著，時間可都是借來的。」一說完，他竟然哭了。「你怎麼啦？得了絕症嗎？」她問。「我們從一出生就得了絕症——邁向死亡，不是嗎？我們活著，只是向上帝借點時間來用。」他的話音綿綿，有種蠱人的柔軟語調。是的，時間可都是借來的。正瑤想，誰不是向上帝借時間在活呢！他已經遲了三十八分鐘，等於偷走她的三十八分鐘。

此刻，時間像一張巨大的薄膜，她浮在上面任其四處漂流。「妳的身體有一種美不可言的甜香，像玫瑰，又像蘋果，還帶點水蜜桃的迷醉。」胡瀚亞在她身上吸吸聞聞，夏夜的風都微笑起來了。他們前天夜晚在椰林漫步時親了嘴，擁抱了地老天荒那麼久。

他咂咂嘴，說：「妳有個很靈巧的舌頭，真像一尾搖曳著管狀軀體的海蛇。」

「喂，你的形容詞很恐怖哩！」

「這只是假想。換一個說法：我的嘴唇像一張帛紙，絲絲分裂出去，再分裂；而妳的唇舌卻如一隻巧手，用掀翻的張力吞吐，把分裂再組合進來，讓我全身騷動如風颺飛，如潮澎湃。然後，妳輕輕軟軟的撫弄，讓這張帛紙尋到了一生的真諦。」他認真地說。

她卻越聽越迷糊了，這個讀哲學的男生，盡說些她認為不切實際的話語。但是跟他親嘴，卻教她的感官野放開來；比起她和堂兄玉書的初吻，她覺得有股勝利的滋味。貝多芬的英雄交響曲持續在體內上昇。

「你第一次和人接吻？」她提了個蠢問題。

「這是我和人類的流體記憶初體驗。」他答得非常玄奧；「傅柯說：『在夢裡，我們能找到坦露的心。』在妳的香吻裡，我找到了坦露的靈魂。」

四十七分了。正瑤搖了搖頭，決定只借給這個什麼感官都是初體驗，思想卻很坦露的哲學男生，六十分鐘。

她生命裡的一個小時，正在跟夕陽一起沉落。

她第一次跟他交談，是去年秋天。她跟著一行人混在迎新舞會裡時，這個胡瀚亞邀她跳舞，挨著她，卻滔滔談論尼采，她只記得他一開一闔的唇像金魚：「尼采說：『通向人們自己天堂的道路，總需穿過人們自己地獄裡的肉慾。』我們要尋找外交的天堂，總需穿過煉獄的考驗。」她逕自在舞池裡搖晃，決定不睬他。唉！唉！她第一次參加的舞會呢。唉唉！胡瀚亞附和她的嘆息，一面呢喃：「妳聞起來像紫羅蘭浸過檸檬的味道。」

「妳好！我胡亂降生在浩瀚的世界，即使是在亞洲，我也還是個未解宇宙大千的微渺生物。胡瀚亞，哲學系三年級。」他正經自我介紹的模樣簡直是外星球人。

這個緩慢的外星球人終於出現在小小校門口，向她招手。六點五十八分。她借給他五十八分鐘，看他該怎麼還？

「還妳『鼎泰豐』出名的蟹黃湯包加油豆腐細粉，好不好？再附上一部一九六一年的奧斯卡金像獎最佳外語片電影：『Jungfrukallen』。」胡瀚亞伸出雙手作邀請狀，臉上笑容燦爛，彷彿可以融化八方麇集而來的夜色。「好萊塢把這部片翻譯成『The Virgin Spring』，我那個電影圖書館的朋友，下午打電話告訴我，這部片子昨天才運到，很新鮮呢！我應該有這個榮幸請妳賞個光吧？」

正瑤一口咬進一個蟹黃湯包，心卻不在焉地想著：「Jungfrukallen」譯成「The Virgin

Spring」，那中文該翻譯成「處子的春天」？噢，不，「Spring」也可以譯成「泉水」或「精神」——到底該怎麼翻譯比較貼切？怎麼取這麼曖昧的片名？哪一國的外語片呀？

胡瀚亞擦了擦嘴，看著她，竟然回答了她心中的問號：「這是瑞典國寶級導演『英格瑪・柏格曼』，第一部獲得好萊塢認同的傑作：處女之泉。」

胡瀚亞介紹電影的神情，把正瑤帶回到那個飄渺的年代，一陣童年記憶的神祕氣息驀地襲來，她腦海中突然漾滿了馮疆哥哥的記憶，卻抓不住那些記憶的準確內容……

此刻，他們在青島東路四樓的電影圖書館。正瑤坐在電影圖書館的小放映室，試圖想要在咻咻冷氣中去抓取童年的月光仙子記憶，卻怎麼也空空白白，唉，徒勞啊，她不禁嘆息連連。

銀幕上出現了陽光艷麗的青春夏日。清澄新鮮的空氣中，美麗少女騎馬沿著河畔漫步。她來到一座噴泉，有男人尾隨著少女……憤怒的父親抱著破碎的女兒，天色陰沉，烏雲密佈，父親對著黑天誓言復仇：上帝啊，祢的真理在哪裡？讓我用罪人的血來償處女的無辜！父親血刃強姦者，「用血找回來的是真理嗎？」父親仰望蒼天，狂笑問：「上帝，祢醒著嗎？」

正瑤感覺胸口鬱積著黑血，兒時記憶出現一片狂風暴雨的森林，她迷失在幽黯鬼魅的氛圍中，父親的黑頭轎車緩緩駛離，呆立在淒涼街頭的她。她看到自己的灰白身軀躺在血紅的福州棺木中，母親、大哥、二哥、馮疆哥哥、玉書堂哥、炳城堂叔，他們一個個走過棺木邊，俯視著她，唯獨不見雪白西裝的紳士父親。非常遙遠的呼喚傳過她的意識底層：妳怎麼啦？我的月光仙子。馮疆哥哥拉她臂膀，那雙眼睛卻往上挑，盡是笑，怎麼還對她吐著紅赤如血的蛇信？

驀地，一陣流閃的痛感，從耳根襲來。暖滋滋的黏液，噁！她反射地推撞。

「哎喲，好痛！妳撞斷我的肋骨啦。」赫！是胡瀚亞。他咬她耳朵？

「喂，你剛剛做什麼？」

「親妳的耳根呀！我看妳比電影裡那個父親還憤怒，一副被損害的模樣，想試試把妳拉回現實來。」胡瀚亞一臉無辜；「海蒂博士寫的『親密關係』報告中，提到女性的耳根，是通往她們靈魂深處極樂歡愉的大門。」

「喂，我不是你的白老鼠！」她豁地站起來，逕自往外走。胡瀚亞追隨過來，貼著她的背。她回頭，狠狠瞪了一眼；「還有，不要一天到晚引經據典，都是那些死人的廢話。有種就行動呀。」

他忽然一把抓著她，將她的身體扳過來，吻住她。

兩人就這麼堵在放映室門口。裡面還有六、七個人，呆楞看著他們。

他終於放開她的時候，竟響起一片掌聲。「好喲！好喲！」那六、七個人喊著，紛紛擠過他們身側，閃走了。

她轉個身，兩階併三階匆匆下著樓梯，直往外跑。

後面緊跟的腳步聲，漫淹過她的身影，他趕上了她。

「林正瑤，妳停下來，聽我說——」

「我不要再聽了，我再也不要聽你，還有那些偉大死人的話了。」

他猛力拉住她，讓她差一點摔進他懷裡。「海蒂博士是活人，她還是妳們女性的研究先趨，妳都不知道嗎？」

她瞪著他眼眸中的一堆問號，這個無法邏輯思考的男生，此刻為什麼變成這麼可笑呢。

他正搔著黑亮亂髮，喃喃不休：「嗯，傅柯，他好像也還活著吧，一九七〇年當選法蘭西學院教授，我正在讀他舉世聞名的《事物的秩序》，雖然是英譯版，還是看得到他對靈魂觀察與掌握的才華——」

「還有嗎？」她打斷他，用那雙會勾人魂魄的美麗大眼斜睨著他。

「當然有啊，像一九六八年五月事件；」他彷彿警覺到她的眼神，既挑逗又冷酷；「對不起，我實在太糟糕了。難怪我母親要發癲狂症，父親說都是我這個怪胎造成的，因為我整天盡說著他們聽不懂的話。林正瑤，真的很對不起，我是不是困擾到妳了？唉，我總是忍不住，其實我常常跟自己說話。」

「你都跟自己說些什麼?」

「我最常跟自己說的一句話是,」他認真看著她,一臉呆癡模樣,「不要再說了。」

「哈哈。」她大笑起來。

「妳終於開心了,南無阿彌陀佛!阿門!感謝真主!」他這下把她逗開懷了。

4.玫瑰騎士

他看了一下手錶,問她:「還不到十點鐘,很明麗的夏夜呢!要不要到我的住處再聽一齣上等的歌劇,李察・史特勞斯的『Rosenkavalier』,中文譯成『玫瑰騎士』,可以帶領妳悠遊十八世紀的維也納,有愉悅華麗的宮廷氣氛,優美的圓舞曲旋律,而且是卡拉揚指揮的演奏版本喔!」

「那關我什麼事?我沒興趣。」

「噢,嗯,我想想,對了,妳也許來看一下我的住處,有竹籬笆,爬滿了紫黃色的牽牛花。花藤雖然糾葛不清,但別有一番況味。」

「我又不是花匠,理不了花藤糾纏。」

「這樣吧,妳要是能駕臨,可以驅離那總是籠罩住處的迷離白霧,讓我的靈魂澄明清爽，我就不再說話了。」胡瀚亞對她打了個揖，右手拇指食指作勢在嘴唇闔上拉鍊。

他們推開牽牛花盤纏的籬笆門，踩上三階白石，拉開紙門，正瑤便逕自踏進客廳，十疊榻榻米平鋪著。

「胡瀚亞，」她第一次喚他的名字。

「嗯？」

「你怎麼住得起這麼好的日式庭園？」

「嚴格來講，這也不算我的住處。」他正小心翼翼取出一張貼有德律風根（Telefunken）藍色標籤的唱片，放進整套哥倫比亞牌音響的唱盤上，唱針輕輕刮出了柔細的音符。他的聲音飄在音符之上：「這是我父親的官舍。他退休後，跟母親搬到埔里，買了一座高山農場，種凍頂烏龍茶。我是獨生了，官舍就變成我讀書的宿舍了。」

「既然你父親退休，官舍不用還給國家嗎？」她搖頭，李察‧史特勞斯的音符壓抑著一種說不出的激情。

「我父親的戶籍還在這裡，當然不用還囉。」他說：「這裡面有不少父親的收藏品。當然，如果妳不嫌棄，歡迎妳常來，或者那間大套房乾脆妳來住好了。反正有六個房間，我一個人住在這裡，像個孤魂野鬼，老是飄來盪去的，時間經常從飄盪中偷偷溜走了。」

她走向一排唱片架，約有三尺長，滿滿的唱片，上百張有吧；信手抽出一張來看：喔，

Billie Holiday，爵士樂女王呢！她只在「音響」雜誌看過介紹，好幾年前，家鄉成大附近一家老唱片行，門前一排毛風鈴木，春天開滿金黃的花。那時候，爵士樂跟她是兩個星球世界的光年距離，Billie Holiday、Ray Charles、Miles Davis、John Coltran等，都是什麼企鵝五星級評價，她只能仰望，不過老唱片行銀髮蒼蒼的老頭家，總會特別播放Louis Armstrong的《What a wonderful world》給她聽。

『玫瑰騎士』的音符干擾她純淨的記憶，一直想把她拉進荒涼的、冷酷的、美麗的怪異幻境中。

「這齣歌劇只有卡拉揚詮釋得最完美無暇，而且是柏林愛樂演奏的。我寫了不知多少封信給在美國耶魯讀電機工程的堂哥，拜託他的德國室友，從法蘭克福帶到康乃迪克，再航空寄回台灣，足足等了一年多，才等到這張唱片呢！」胡瀚亞輕聲在她耳畔叨叨。

她卻盯著唱片封套Billie Holiday誇張的大O嘴型發呆。曾經，那些轉瞬就凋零的璀璨黃風鈴木，滿地金黃的花蕊有她的壯志與美夢。

胡瀚亞顯然非常努力，向她說明這齣三幕的喜歌劇是如何又如何：「霍夫曼斯塔爾（Hofmannsthal）編劇，劇中兩男兩女，威登堡公主瑪莎琳和俄克塔凡本來是一對。奧克斯男爵要追求美麗少女蘇菲，請瑪莎琳公主挑選一位使者替他傳遞一朵銀製玫瑰。瑪莎琳公主不放心任何人，因為銀製玫瑰價值連城，只好請她的愛人俄克塔凡擔任這個『玫瑰騎士』。

結果俄克塔凡竟和蘇菲雙雙墜入情網。最後瑪莎琳公主成全了他們，奧克斯男爵很有紳士風度退出這場愛情競爭，喜劇圓滿收場。」

正瑤回神聽了一下，只覺得那聲音透著說不出來的頹傷；小提琴主旋律的圓舞曲樂，奧克斯男爵的男低音咕噥哼者：我的摯愛……

一陣夜來香氣從庭園撲鼻而來。

橘色的藝術燈光斜照在榻榻米上。

她看著胡瀚亞，對方眼神飄忽在迷濛蒼茫中。

唱片傳來俄克塔凡對蘇菲高唱者：「沒有妳，我的生命將是一片沙漠；沒有妳，我的生命將會一片荒蕪……」

她其實一點也不喜歡這齣歌劇。還有，夜來香的濃郁氣味使她昏亂；她正想，要嘛現在就離開，要嘛趕快換成爵士樂，隨便誰都好。

他卻豁地站起，嗓音激動而沙啞：「妳要不要喝點什麼？」說著自顧往廚房急步走去。

「胡瀚亞，」她喚住了推開廚房紙門的他。

他轉過身，用眼睛裡的問號回看她。

她一邊搖頭，一邊舉著Billie Holiday的唱片，對他比手勢，指著唱片，指著門。歌劇女高音蘇菲卻高唱：「我愛你！我從來只要你！我唯一的愛！我永恆的戀人……。」

棉紙窗格外的月色斜照進來，水晶月光滲著牽牛花和夜來香的絲絲黑影。薄霧從半掩的花藤圍籬攀上白石階，一滾又一滾的，侵進一疊一疊的榻榻米來。她看見自己下半身浸在滾滾白霧裡，依稀彷彿，那熟悉而隱微的咕咕咕……黝黯的運河面浮著一彎魚鉤狀的黃月，氤氤蒸蒸漫著熱氣；二哥脊背的汗被吸進了白棉衫，溼溜溜，悶得快喘不過氣來。他攬著她那不住哆嗦的細肩，直說：不怕！不怕！我會永遠保護妳。

她在顛簸的回憶中擺盪。

那個跨著白色阿拉伯馬的玫瑰騎士追星趕月，大片大片紅灩灩的玫瑰螫著她的眼睛。很奇怪的，這個夢境曾經出現在她清晨曙光的夢裡——她很清楚地看見自己正在作夢。

然後，她聽到一聲響亮的馬嘶，紅灩灩的玫瑰被馬蹄踐踏成了滿坑滿谷的花屍，還冒著潑潑沸沸的蒸氣。大地煙霧迷離，騎士載著美麗蘇菲，再度從蒼茫中奔出，銀製玫瑰根本掉落在泥塵中。她看見自己張著嘴，無聲地呼喊著。霧很快地湧了過來，她聽到晨霧中悶悶的靈魂碎裂聲響。

「啊！啊！啊……」知道真相的瑪莎琳公主心臟一陣劇痛，她的玫瑰騎士俄克塔凡跟著少女蘇菲遠走天涯了。

她手中的Billie Holiday摔了下來。胡瀚亞在她身後顫抖，對她脖頸噴著濃濁鼻息，他驀地把她抱住。

春情潮浪般席捲而來。是他把她推倒在地，或是她把他按在地上？他們撲向對方，被女高音男中音啊啊唱的愛呀戀呀催眠著，莫名所以地彼此狩獵。

她錯亂起來：這情景是兩頭雄獅為爭天下而纏鬥。

對方被春情的潮浪淹沒，開始變得像海葵，隨潮水沉浮。

來吧。她內心呼喊著，靈魂深處有深紅火焰汩汩湧上來，燃燒著兒時記憶的黑血。她像歌劇裡的奧克斯男爵，莫名犧牲了銀製玫瑰的愛，突然憤怒起來。這種憤怒的情緒使她變得狂野，一股澎湃的烈焰，燒出慾火的焦味……眼前撲壓在她身上的男人，戰慄著。

她要他男性，要他狂暴，要他激起她潛藏深處的女性。於是，她扭轉身軀，翻到他上面，跨騎著他的腹肚。

她感覺他熱熱騰騰的下體，抖顫著，忽地洩了氣。

她身體的重量全壓上他，左右手解開他的襯衫鈕扣；而他，面色潮紅，兩顆黑黝黝的眼珠起著大火，全身卻動彈不得。

她紅潤的嘴唇貼上那張說個不停的嘴巴。

扒下他的襯衫，抽出皮帶，脫下長褲——他尷尬地張舞雙手，既想阻止她又怕她停止，額上胸前滴淌著汗珠，滾燙的，卻像冰一樣讓她起了陣陣的雞皮疙瘩。

她突然清醒起來，自己還是處女呢！

她推開了他。

可是，恐懼、興奮，夾纏著汩汩湧上的焦渴，她感覺下體正湧出穠稠的蜜汁。

「對不起，」他喘著氣，聲音可憐兮兮，眼淚不由自主地，大顆大顆滑落在臉頰上；「我這是第一次，不知怎麼辦。請妳別走，我真的非常、非常、非常愛妳。」

哈。她漂浮在一朵模糊的慾望雲端上，隨時會粉身碎骨。然而，這個很哲學的神經質男人，卻只能在煉獄掙扎。

蟬聲咕咕咕咕響起，夏夜微風吹來。

正瑤爬起來，白皙的胳膊映著迷離月光，臉頰上殘留著她和他乾掉的唾液。她慢條斯理將衣褲弄整齊，寒意從背脊竄起了，一點點、一滴滴，一如夜露從花藤滑落，真真實實，無聲無息。

午夜十二點。她走出紫黃牽牛花盤纏的籬笆門時，確定耳膜再也不會迴蕩玄奧的呢喃了。

5．諸象非象

她在膠囊中彷彿又看見那張詩箋，櫻櫻用美麗的毛筆細細勾繪的心情：

「我用風華經營生命，
用溫柔守候真情，
卻不知道用什麼來治癒妳給我的痛苦。」

她正坐在這棟不得已的九樓，想專注望向窗台外不遠方向的台電大樓，或稍遠的火車站前新光三越大樓；彷彿有璀璨的國慶煙火開向夜空，絕頂地開在二十一世紀此刻的眼前，也同時開在二十世紀一九九〇年十月十日夜裡還年輕的她眼前。

「我用文字療傷心情，
用紅塵揮霍最後的青春，
卻不知道用什麼來治療我對妳的愛。」

櫻櫻的毛筆字勾畫對她的美麗思念。她繼續吞膠囊，這張詩箋真實得就在眼前，彷彿觸摸得到那般，她伸出手去摸著，一面想著當時不是把詩箋也一併火化了嗎？摸著，真的摸到紙張了。

原來20×15公分的紙張灑了滿地，略泛著褐斑的印刷文字一個個四散飄零，她摸到的那張紙印著：「佛偈：『世上諸象皆非象，若諸無餘卻有餘。』猶如夏目漱石在《草枕》寫道：『無法遷離的人既然難以居處，就應使這難以安居之域更為寬容，使短暫的生命也能活得更好才行。』」這是什麼意思？她為什麼會讓這些紙張灑滿地面？誰印這本書？到底是什麼書？她問號太多，記憶模糊，玻璃杯的牛奶已經喝完了。

什麼時候膠囊開始進駐她的身體？她當時一定不以為意，年輕好時光，野火燒正旺。是櫻櫻嗎？她看到櫻櫻被膠囊湮沒了。櫻櫻對她發誓說：「林林，我來到妳身邊絕非故意；」那時璀璨的國慶煙火在大稻埕五號水門上空爆開，她跟櫻櫻都才二十歲，年輕的她們笑得好開心。櫻櫻突然親吻了她，在她還來不及反應之前，塞給她這張詩箋，臉紅紅地舉著右手向夜空的煙火說著：「我來到妳身邊絕非故意，而是上天的安排。」這張詩箋喧騰起如春水的情慾，讓她困惑了一個多月。

然後唐駱就這麼不期然闖入了她的生命，在冬至之前，他擁著她熱吻。也許那年冬至櫻櫻開始吞膠囊吧？她怔怔想著。

聖誕節慶，唐駱用她等比例的四個不同律動照片，在公園廣場創作《Contact 林林》的裝置藝術，足足擺放了一個月，路過人群駐足麕聚，還引起諸多報紙藝文版的熱烈討論。她依稀記得那陣子，幾乎校園裡的每個人都在說：「噢，那是林正瑤，她是藝術家的繆思女神。」

唐駱笑笑說：「正瑤，妳現在比我的知名度還高，大家不太清楚那是我的作品，卻都認識妳了。」

這個唐駱讓她迷惑。他會非常溫柔地吻著她身上的每一吋肌膚，讓她全身慢慢放鬆；他的舌頭能澆熄她的紅焰，讓她的黑血漸漸釋放而出；他讓她感到自己浸潤在海洋中，溫渥、潮濕、激盪。

她的第一次。他只是嘟噥了一聲：「閉上眼，別這樣看我。」然後，他緩緩撥開她的雙腿，她感覺睫毛臉頰有他滴落的汗珠。他就這樣很緩，很慢，很溫柔，終於進入了她的體內。他讓海嘯般的慾火燃燒她鑲著月光的身體。他讓她飽滿的情慾潰堤。他帶入的痛楚夾纏著歡愉，朦朦朧朧的，讓她在歡愛中陷入了無比敏銳、柔軟、溫暖的流動裡。

彷彿沉落在未知的千噚大海。他讓她依稀看到了五歲時候的自己，躺在兩邊捲成圓形狀的被窩中，假裝躺在遊艇飄游四海；父親剛進門，穿著白西裝，身上摻混著各種香氣，俯著頭，柔柔地撫摸她的頭髮，她的臉頰，頸項，肩膀，微微呼息起伏的胸口。

驀地，一陣歡樂濺起的浪花，她感受到體內的他正熱烘烘的顫抖，那最深處的膨脹，正在欲仙欲死，痙攣，快樂地抽搐。

喘息平靜。

「妳快樂嗎？」他的聲音從慾望的雲端降下，穿過黑夜與月光，輕輕飄進她的夢裡。

「人生有許多轉彎的十字路口，每一個彎道都充滿了未知與驚喜。」他總是說。

他們交歡，經常身軀都濕透了，彷彿溶化在一起，彼此的氣息和液體像兩道河川匯流，朝向天空漂流。

歡愛竟可以如此喜悅。她淌著汗，整個身軀攤平，躺在他身上。

她總是朦朧地望見開滿罌粟花的金紅原野。

「你看過在尤金・奧尼爾（Eugene O'Nell）的『榆樹情慾』（Desire Under the Elms）嗎？」她俯看著全身浸潤在汗水中、閃著亮光、被她壓在下面的這個男人，突然問。

他搖頭。身體在歡愛之後，他緊繃的神經鬆軟了，沉沉欲眠。

「那是一個年輕的繼母進了擁有三個壯丁的莊園，四個男人的愛慾通通被這個年輕鮮活的女體挑起。」

「是麼？」

「奧尼爾認為女人的情慾是條金色巨蟒，比莊園內那棵無法控制、不斷成長的榆樹，更加野火燎原。」

「嗯。」他輕輕捂住她紅嫩的嘴唇，催眠般說：「夜愈來愈深了，闔上眼皮吧，想像妳躺在罌粟花的夢裡。」

她不要再想了。

膠囊開始發揮作用，詩意美好的天堂幻境似乎伸手可及，再吞幾顆吧，唉，牛奶沒有了。

她又聽見母親柔和的聲音，「女兒，我從來沒離開過。」

一陣金銀花香氣包覆著她。

她心口湧出的血，很詭異地慢慢止住了。

好睏呀，也許先沉沉睡一覺。

午夜的鐘特別慷慨，讓她有充裕的時間航向記憶的彼岸，與眾多戴著面具的死靈對話，儘管那些話語她根本難以理解。

她帶著淡泊的微笑瞅看陷入長夢的自己。

第二章　綁繃帶的彩虹

1．春情香水

10：59pm——攝氏二十六度——多雲

正瑤看了一眼七月在瑞士琉森買的手錶，然後把它取下來，放在床几上，彷彿躺著一個新鮮的馬蒂斯舞女的SWATCH手錶，泛著幽藍光影。

「我的青春顫抖如蝶之翅翼
在不安的國度到處衝撞
彩虹的心悸動

三十歲，等待愛與死亡
等待進入最深的妳
我躺在等待為妳戰死的夢裡」

唐駱光著汗水淋漓的身子，躺在她的床上抽菸。

拉赫曼尼諾夫的華麗旋律迴盪著憂愁。

他翻身趴在床上，喃喃讀著放在床頭上的紫藍信箋——那是五個月前，他追到她的詩。「我寫了一首詩，」當時他深情看著她，從雲彩襯衫口袋掏出一張信箋，誠懇地說：「祝妳生日快樂！」

「我為你的詩落淚。」正瑤俯下身體看他，眼淚滴在他胸前，雲彩襯衫暈出一塊塊水漬。

她替他解開襯衫鈕扣，水汪汪大眼盡是春情蕩漾。

他終於不由自主猛力抱住她。

她用手指捲弄著他的長髮，喃喃著：「這麼柔亮，真該拍洗髮精廣告……」她的修長身軀貼住他，NINA清幽香水慘混她的體香，世界在暈眩。

他說：「十八歲以來，我第一次為了女人寫詩，而這個女人是妳：我的唯一。」

這首詩讓她敞開來，讓他進入了她的深處，讓他能為她戰死在彩虹夢裡。

果真她也能迷戀上男人嗎？自從馮疆哥哥消失在遙遠的年代，而堂兄玉書背叛當年和她約定讀法律改而讀醫學系後；正瑤再也不能相信任何男人對她會有真情。和她交往過的男人，不過是迷戀她遺傳自母親的美麗風華——她最痛恨的美麗風華！

或者這回，真是唐駱的頹廢氣息發揮了吸引力？

她想起去年冬夜，長髮飄逸的唐駱，帶著一部手提電腦，和她走進了陽明山的溫泉旅社……那當時，正瑤差點以為他是那種無法升火、不食人煙的男子；至少，她沒看過如此頹廢到完全毫無能力，對於她的美艷軀體產生反應的男人。

現在，她突然起了疑心：「第一次！」什麼意思？他唐駱為一個女人寫了詩，這女人是她，他的唯一；難道之前，他只為男人寫詩？

剛剛她把他按倒在金藍色的床單中，撲在他身上，撕開他的襯衫，一口一口地咬囓他的胸脯。唐駱好愛這床單，像海，他曾說：「這片海洋帶有酒的顏色，我們就醉在這裡，直到地老了，天荒了，如何？」她泅泳在酒洋中，淌著汗水，像獅子撕扯獵物，一手捋住他的垂耳長髮，一手掐住他的脖子，用熱燙的吻堵住他嘶喊的喉嚨，他根本沒有任何逃生的去路。

一陣廝殺。啊！他哀嚎著，在驚懼中很快就陣亡了。

她則全身顫動不已，雙眼發紅。忌妒的感覺像猛灌一瓶金門高粱，從喉嚨火燒火燎到血管末梢，哼！她聽到鼻翼翕張，自己在嘿嘿冷笑：「你過去愛男人，包括阿V是吧？」她要一再強姦他的靈魂，懲罰他讓這片酒般的海洋黲混了另一個男人的氣味！

紫藍信箋飄落在床腳，還滴淌著唐駱的汗水。那個阿V看起來像個飄忽的蒼白幽靈，從月光底下寂寂前行，步伐扭絞著；來到她面前時，似乎非常艱難，才把步子煞住。他有一對焦渴著愛慾的眼睛，充滿著複雜的、幽微的、異質的情愫——是那種帶有強烈自毀因子的眼睛。那對不安的大眼睛正在噴出狂熱的紅燄，要將眼前的大地撕扯開來。

此刻她像個薩滿教的女巫師，頭髮披散，在房間內昏亂搜索著。她摸到了菸盒，點上薄荷菸，噴出一口菸圈，去他爸的！她無聲咒罵著。

知道自己沒有辦法逢場作戲是非常悲哀的。

3：33pm——攝氏三十三度——多雲陣雨

正瑤恍惚地點頭，跟自己說：也許這是一場更深的夢吧？她感到一股無法承受的曖昧不安。心中恨恨呢喃著：噢，阿V，你為什麼這樣對我？

「我已經忘記睡眠是什麼滋味了。」他幽幽地說；自殺被搶救回來後，他的神經衰弱到極點，一夜數十驚已無法形容失眠對他的磨虐。「最糟的是，我仍然無法控制自己不去想男人，或停止思念。每到深夜，這種思念就像吸血鬼渴嗜著鮮血的痛苦，令我發狂，我只有吃鎮定劑才能勉強休息。後來，我借助嗑藥，連藥水我都喝，管它什麼眼藥水、鬍子水、古龍水，能喝的任何藥水，我都吞下去。」他向她坦承自己對男人一直隱藏著幽黯的情感時，面無表情，彷彿他只是在陳述另外一具軀殼的作為，跟他毫不相容。

正瑤全身竟起了一陣震顫。她看著他彷如貞潔處子的蒼白五官，紅灩灩的唇角微微圈張著。他根本是那個從中世紀吸血鬼盛行時代飄悠而來的卓古拉（DRACULA）伯爵。她忽地就想起布蘭姆・斯托克（Bram Stoker）那位十九世紀末的英國作家，他創造了卓古拉伯爵。

其實，以正瑤的律師專業訓練，絕對足夠理解：任何的情感糾葛都充滿了太多的變數。就她成長的情愛經驗而言，她還能深切體受到這種異質的情感，將會帶來多麼危險的毀滅力量。

但在這樣沉滯、鬱悶的夏日雷陣雨的午後，她一想到在這個社會仍然要求男人優越的父權傳統下，阿V那必然被父親逐出家門的命運，淒傷便啵啵湧上心頭。

阿V來找她，其實也很簡單：（一）她是女人。（二）她對任何事物有克制不了的好奇。（三）她至少已經公開表示支持同性戀。在台北這個奇異的圈內，她接過好幾件因為丈夫是同性戀的離婚官司。

「哦，妳怎麼了？」阿V居然還觀察到她的情緒。

「我，」她用力嚥下一口胃裡湧上的酸水，依稀吸聞到東歐外西凡尼亞的古堡腐氣；噢，那樣的落葉森林，那樣的飛竄蝙蝠，那樣的鮮血激情！

正瑤聽到自己結結巴巴的、彷彿受了魔咒的聲音，無力地說：「阿V，你可以搬來，反正我多一間套房。」

與其說他的楚楚模樣打動正瑤，不如說他話音裡有某種她道不出個所以然的催魂力量——她竟毫不考慮地把新租房子的備份鑰匙扔給他！

「請你記得一件事：晚上十點去倒垃圾。」正瑤無力地咕噥了一聲。

「沒問題。」他拋給她一個非常詭魅的微笑。

5：20pm——攝氏三十四度——雲雨

阿V搬進來的那天，正瑤開始後悔了。

「我從沒看過任何一個男人像阿V，你知道嗎？」她從痙攣的峰頂陡降，跌進拉赫曼尼諾夫的哀愁裡。

唐駱激動地掐住她纖細的腰，在她的下面抽抖著。一股輕忽忽的香水味從唐駱的身後飄盪而來。

正瑤拍了拍額頭，熱汗淋漓地從他的身上翻下來。

唐駱照慣例大字攤開，把她的頭緊緊攬進自己的臂彎。她貼著他的胸脯，那男人胸膛的激動鼓聲，漸漸沉落為幽幽夜簫時，總讓正瑤忍不住渾身顫抖起來。

她歎了口氣，用力勾住他的脖子，繼續叨叨唸著：「居然要用那麼多的香水！他的浴室，赫，每一層置物架都擺上滿滿的香水，實在太壯觀了！」

唐駱蹬地從黑色沙發床爬起來，衣物也不穿，逕走到那張黑色肥沃月彎型的工作檯，繼續專注地清洗起他剛擱置的攝影器材。好一會，他才抬頭看她，面色陰霾地說：「他是個女人。如果妳希望往後的日子好過些，請千萬不要忘記這一點。」

正瑤聽不真切，只感到唐駱這個四十五尺第十三層高樓的工作室，四面白牆猛嘆氣。一個翻身，正瑤把拉赫曼尼諾夫關掉了。這十坪大的黑白世界頓時墜入曠古空寂中。她光著汗水淋漓的身子，點起薄荷香菸，噴著一個個菸篆，剎那間，天地霧霧飄飄；她感覺自己在霧中漂流著，像一尾魚，一尾迷失路徑的粉紅人魚。

唐駱喜歡在夏天赤裸裸工作。在他不時彎腰取酒精、棉棒，和拭鏡紙，專注地擦拭那套萊卡的攝影器材的當下，那根方纔非常驕傲的紅鍬已熄火靜靜垂著。

正瑤瞇了眼看這根居然可以讓她快樂的「伸縮棒子」，此刻多像溫柔的一條蟲蟲，噢，還真是可憐蟲！她想到自己竟然和唐駱已經持續多日的肉體關係，差點把菸嗆入胃裡。她望著他的健勁胴體，那條光滑的背脊骨，微微前傾，彷彿一把銀弓，能把銀箭射得老遠老遠；就像剛剛做愛，他用身上那把紅鍬剉進她的體內，在她飄旋起來，飛向地平線那道金光的剎那，他猛地趕過她，全身如箭矢勁射而出。

噢！難道是命運反咬她一口？隱藏在唐駱頹廢的外表下，仍然是一般的男性，只是她沒料到唐駱的男性竟然如此強壯！竟然可以讓她得到高潮，最重要的是：她竟然忘記櫻櫻了！

「這難道是命運喜歡開我玩笑？」正瑤喃喃對著蓬蓬飄飛的煙霧，驀地感到一陣無法遏抑的笑意，她噤聲嘶笑起來。

「怎麼啦？正瑤……」

「噓，別出聲……」正瑤一把捋住他的垂耳長髮，另一手順勢從他身後攬住腰，直將呼息往他耳根頸間噴去。

「別任性，正瑤……」他的聲音悶住了。

她的手握住那根紅鍬，她要它生火。她用熱燙的吻堵住它逃生的去路。

他彷若哀嚎的聲音讓她全身顫動不已，「哦……不行，我還有工作，真的不行……」

正瑤看到眼前一片金紅，櫻櫻踏著運河奔向她來……噢，那豆綠的運河正流動春情，慢慢漲起水霧了。她看到赤身的自己牽著櫻櫻的手，雙雙奔過赤崁城的鳳凰花徑，大地正在燃燒。她們從火紅霧中來到金碧盪漾的運河岸，噢，那道不可思議的地平線！她興奮地大叫：「櫻櫻，快看，天邊一彎七色彩虹呢！」她喘著氣，噢，櫻櫻……她狂浪地笑了。那紅暖的河水，攬住七彩虹光，把她團團包裹起來。

唐駱癱瘓在她的身體下，再一次戰死在她的國度裡。

11：08pm——攝氏三十度——多雲

「讓我看看妳的唐駱吧？能和妳擁有生活，這個男人一定非常幸運呢！」一個月後，阿V對她請求著。

「你會失望的。」正瑤幽幽說，想到她當時慌慌對櫻櫻說：「妳真愛我的話，為我去嫁個男人吧。」櫻櫻大學一畢業就嫁給牧師的兒子，「妳為什麼答應來當伴娘又爽約？」櫻櫻寄給她哀怨的聖誕卡。夠了！她決定在擺盪之間往唐駱靠過去。「唐駱只是個普通男人而已。不過，他治癒了我對櫻櫻的相思症，這點倒難得。」

她沒料到，阿V盯著唐駱的眼光好生春情駘蕩。

「嗨……」唐駱只是抿嘴笑，他的高貴額角掛下一縷髮絲，在鼻樑處投下一抹陰鬱——他們有某種正瑤感覺得到的騷動情愫。

「我的內在竟然非常真實地感覺到他們的靈魂正不安地交舞。」當天夜裡，正瑤在那本保存多年的豆綠緞面日記如是寫著。那鑲著金蔥竹林圖案的絲緞已經剝落了，她用一層塑膠套模把整本日記套起來。

8：08pm——攝氏三十二度——陰雨

「我無法假裝沒那回事，真的！」正瑤努力按捺啵啵升上的火氣。

阿V靜靜坐在她對面，桌上的「藍山」霧氣迷離，一縷又一縷，像金蛇起舞，把她的憂鬱緊緊箍住。

「我在瑞士出差時，總會看見你們赤裸裸抱著的影像……」她舔舔上唇，嚥下一口酸水，用力說：「阿V，我要擁有我的生活，完整的生活。」

「這不公平，我不能為我的真情接受譴責。」

「但我不能容許三人行！愛情是非常自私的。」正瑤堅持，「我可以幫你找房子，我可以借你錢，我可以在精神上永遠支持你……」

「謝謝。」阿V悽慘無聲地微笑了，「我想，我真的不需要這些。」

「那麼，你需要什麼？」她忽地向他撲去，兩人跌在地毯上，咖啡潑灑在他的褲腰間。

有什麼熱燙潮濕的硬物頂住她。

「告訴我，你和我的唐駱躺在那片像酒的海洋醉到地老天荒嗎？」她用力壓著他，狠狠地向他的雪白脖頸間咬去。

「告訴我，為什麼你的香水黲混在我的床單上？攪進我的唐駱的身體裡？」她撕開他的襯衫，一口一口地咬齧他那柔軟如棉、韌勁十足的胸脯。

「告訴我，你能保證他會愛你嗎？」她掰開他牛仔褲上的拉鍊，把手伸進去，抓住那支頂向她肚臍的硬鍬。

「除非你強暴我，否則，你休想要到他！」正瑤哈哈大笑起來，越笑越歇斯底里。
「夠了！」阿V推開她，「妳明知道我不能夠。沒想到，妳這麼殘酷！」

10：45pm——攝氏三十一度——多雲

「他走了嗎？」唐駱問。
一個禮拜後，唐駱從苗栗老家回台北，來到她的居處。
「嗯。」正瑤悽慘地笑著。
一縷幽幽的香氣從她身體內裡飄逸而出，彷似金蛇旋舞；她的雙手箍住唐駱的褲腰間。
「他走了……」
「妳的NINA香味淡了。」唐駱猛力吸了幾口氣，突然惱怒起來，「妳什麼時候開始擦阿V的香水了？」
「他把所有的香水留下來，因為——」正瑤無聲嘶笑起來，「他愛你。還有，他『希望』你能更愛我！」
說完，她把他按倒在那片金酒顏色的海洋裡。

2．紅色沙漠

9：33pm——攝氏二十六度——多雲時晴

閃爍在玻璃大樓外的電腦螢光幕廣告看板彷彿發光的粉紅沙灘，灘心孤懸了個麗藍的島嶼，一輛標誌著ESCAPE的汽車正在奔逃。正瑤浮懸在四十五尺的第十三層高樓中，對著黛色玻璃呆怔；她在等著什麼呢？黛色的反影浮盪著兩條蠕動的幽紅身軀，潮溼而光亮。

這個多霧且懸疑的夜晚，正瑤覺得這種等待是一樣的曖昧與虛無。「愛玲走了……」黃薔在話筒彼端的痛苦咬齧著她，正瑤聽到心臟剝落的碎裂聲，自己恍恍惚惚說著：「妳會漸漸習慣的。」

習慣什麼呢？原來燒著歡快篝火的兩團交纏肉體，要習慣變成孤獨的黯影嗎？嵌在三進落百年老厝的闃黯童年，讓正瑤的心爆出一星火光，「那麼，妳要不要到唐駱的工作室坐坐？我過去那裡等妳。」邀請黃薔的聲音空蕩蕩，她其實不想和黃薔獨處，或者說她不敢和她獨處，但寂寞追獵著她和黃薔……她遇到黃薔和愛玲，是在五月的街頭一次藝術遊行中，她和唐駱四個人都纏了彩虹布條在額頭，發起的單位十幾個，人數不多輕易就碰在一起了。

「唐駱。」黃薔先開口呼喊，昂亢的音量，讓唐駱和她同時回頭。

「黃薔和愛玲。阿薔是我的學姊，高我兩屆。」唐駱笑著介紹，「林正瑤，前途光明的律師。」

「你還在那個黑白工作室，搞Optical實驗嗎？」黃薔的哈哈聲更高亢。

「他在弄個什麼抽搐的心臟，紅紅藍藍的。」她邊說邊發現愛玲的眼神迷離，似曾相識，讓她想起金碧盪漾的運河和櫻櫻。

「『Fluttering Hearts』，妳們知道的，一九三六年，杜象作品，一顆啪噠啪噠、狼狽而驚惶的心臟。我試著用攝影解構，再重新一格一格拼貼。」

愛玲笑笑，「哪天去參觀一下？」

正瑤在黛色玻璃窗上看到地獄底層的記憶穿過來，她自己在嘶叫，在一陣粉紅的嘶叫聲中發步飛奔，跌了幾階樓梯，撞了鐵門，嚇了計程車司機；她馱了兩個氣喘吁吁的粉紅胸脯在盲奔，櫻櫻的歡樂汁液沾濡了她的，變成滾沸的油，潑潑爆燒著。她的陽光世界像薄紙碎裂了，然後她在灰銀顫簸的光點中，踉蹌了好一陣時間。直到唐駱升了火，像把紅鍬剷進她身體最裡的部分，她咧嘴吸著大氣，華麗的拉赫曼尼諾夫淹過來。她以為終於擺盪到異性戀這端，她自認為較正常的這端。

她學著做唐駱的女人。但更多的時候唐駱是她的男人，她帶著他四處參加聚會，拜訪教授；要他在事務所等她下班，在法院等她辯論終結，在咖啡廳等她和委託當事人談完案件，在上床前等她滔滔申論了國家民族社會與世局，等她刷完牙，然後悶聲作愛。

她很得意地炫耀這個男人，他英挺而頹廢的氣質，符合她信奉的吊詭人性論；她尤其喜歡他憂傷的眼神，燃起了赤嵌故鄉的紅色回憶，教她感到溫暖。然而，總是有那麼一絲不安，隨著空氣裡隱約飄盪的香氣，將她腦版的深層岩塊掀翻上來——那個多霧的夜晚，四十五公尺高的工作室，玻璃窗貼著一輪檸檬黃月，暈蒸的十坪黑暗中，唐駱升了火，那把紅鍬剷進阿V的男體。華麗的拉赫曼尼諾夫淹過來，她在門縫咧嘴吸著大氣——如同與她，唐駱模糊的語音也淌著汗汁，呢喃相同，拉赫曼尼諾夫的音符節奏分毫不差。

她看到童年老厝前院的那口井，驀地怒放了玫瑰花，運河鹹暖的海風微笑起來，她踏著如夢的舢舨盪向地平線的那道金光，就要接近了，啪地一聲，舢舨翻覆，整個世界乾坤顛倒了。她悄悄離開。

「妳怎麼消失不見了？是生理週期亂了嗎？」唐駱在她的電話答錄機反覆留著同樣的問號。

我沒亂，沒亂！她對著腦版深嵌的魅紅影像，用那種不比呼吸高的聲音大叫：是你們亂了！然後連電話答錄機都關掉了。

八月的雲詭秘而淒傷。她專注於處理一個案件：妻子因不堪丈夫長時間不履行同居義務，申訴賠償精神名譽雙重損失——捉到的「姦者」是位俊美的男人。她在第一次調解庭上看到楚楚可憐的丈夫，差點開不了口來替委託的當事人爭取權益。

「生命真是好笑的邏輯。」她替那個妻子爭取到一紙離婚證書加若干賠償金，收拾了所有非理性，開始回到嚴謹和一本正經的生活秩序。直到這個寂寞的九月夜晚，黃薔的電話，她才拿起唐駱工作室的鑰匙，踏進這個四十五尺的第十三層高樓中。

9:59pm——攝氏二十五度——多雲

那輛標誌著ESCAPE的奔逃汽車從電腦螢光幕黯滅了片刻。銅塑雕鏤的門板響起撞敲的波震，正瑤渾身抽顫了一下。

「林正瑤！」那熟悉而令她驚悸的嗓音悶哼著。

正瑤被聲音牽引著，奇異而狂野的聲音：「林正瑤——」

她跨出的腳步竟然踉蹌了，像要穿越瘴霧瀰漫的嶙峋山頭，胸肺吸不進一絲空氣。她終於來到門前，伸出手，四周是深沉的闃靜，一種模糊的恐怖襲向她。啊，她錯愕著，這是一個幽靈，裹著孤寂的藍光。

「不請我進去？」

「哦，請進。」正瑤吞了口乾澀的苦涎，聲音燙著舌頭般，「阿，阿薔。」

「我帶了月餅。」黃薔說。

一個精緻的紅金鐵盒，兩塊方形厚實月餅，黃澄澄閃著。

這不是她所認識的阿薔！那個一進門就喊嚷「嘿，有什麼吃的？」的黃薔是粗線條風格。

正瑤貼站牆邊，用背脊和手掌不住地擠壓身後的牆。好半天，她才咕噥了句：「請坐呀。」

黃薔走到那張肥沃月彎型的工作檯，昏澹的壁燈把她的黑影完全擠進工作檯的黑渦紋裡，使她看來像遺落了影子的魅靈，恍惚而虛無。

唐駱的工作室只有黑和白，就像他痴迷的黑白影像。黃薔伸手轉開垂懸在檯上的黑鐘型燈，白扎扎的日光侵向四面牆。

「這個——唐駱還是很『普普』，全是『勞申伯格』派頭，看來他現在更迷『新達達』了；嗯，這個Optical實驗，很有普恩斯風格，妳知道吧，普恩斯的畫簡直像一盞閃動的霓虹燈。」她對正瑤咧嘴笑，白森森的牙黑魆魆的眼，白襯衫和黑長褲。

「阿薔！」正瑤喊住她。什麼事讓她如此不安？每次黃薔一焦慮不安，就忍不住吊弄她的藝術書袋，非說到聽者覺得天崩地裂，才肯息兵。似乎炫賣藝術知識，可以拿來作為對抗虛漠外界的武器；「撒旦偷鑽到我靈魂裡面搗蛋。」黃薔總是這般無辜地說；總因為突如其來的鬱喪要毀掉全世界，連帶不經意地破壞她周圍人們的生活秩序。只有愛玲會痴痴望著她笑，說：「她真像個天使。」

正瑤更用力擠壓牆壁，彷彿希望擠鬆什麼開關，讓自己消失在牆後。那些記憶畫面不斷冒出：黃薔吞彩色顏料，黃薔用美工刀切割手腕，黃薔把雙手放進極高溫的電窯中，黃薔在滿地碎顏料瓶上打滾，黃薔把剛燒好的陶甕陶壺陶杯一逕往自身砸……現在，黃薔立在工作檯前，攝影器材加美工器材，還有一把薄利的鋸齒刀——她靈魂裡面的撒旦會不會又出來作怪？

那種驚懼又擒住正瑤，她總覺得和黃薔之間橫著鬱紅的深谷，誰也沒有勇氣渡過去。黃薔站在峻仄的對岸，瞪著她，黑黝黯澹的目光閃動了兩下，彷彿在問：妳把櫻櫻藏在哪裡？

正瑤覺得胸腔的心臟被擊了一拳，跟自己搖著頭，腦袋衝撞著迴音：「不是櫻櫻，黃薔完全不認識櫻櫻。」整個工作室掛著Photo-tran sfers的照片摹繪畫作，如同唐駱和黃薔、愛玲之間總會聊起什麼床單啦、填充的安哥拉山羊啦、絲網母牛啦、瑪麗蓮夢露和肉湯罐頭啦等等，都不是她能掌控的生命軌道。

正瑤深吸一口氣，離開牆壁，走向黃薔，發覺要跟黃薔對話簡直是跋山涉水。她聲音沉落下來：「阿薔，妳，妳不是十月，十月底要開個展嗎？」

「愛玲有沒有來找妳？」黃薔忽然掰住她，濃濁的鼻息噴在她臉上，全是腑臟燜煎的膻氣。「妳說實話，我，我，求求妳。」

正瑤索性閉了眼猛點頭。

「她說些什麼？她在哪裡？我找遍了每一個她可能去的地方。」黃薔甩開她，狠狠拉揪那一頭短髮。

正瑤看著一根根落地的短髮，串起來，多像條幽靜的黑河；她知道，絕對不去阻止黃薔，是唯一阻止她把頭髮揪光的辦法。

黑河慢慢流下憤怒的山頭，淌向哀傷的原野。

「我去她公司守候終日，她乾脆請長假。我受不了啦，前天，我甚至衝進她家，和她那個神經病老媽大吵一架。我知道她根本躲在閣樓。我大叫：你們沒權利切掉我的電話。那神經病老媽橫在樓梯口，說：除非妳踩著我的屍體上樓……」

正瑤想起那位瘦到三十多公斤的老母親，用瘦骨嶙峋的雞爪手掐住她的胳臂喊著：「自從愛玲和她在一起，我就無法睡覺。」伊那樣悲傷地和失眠奮戰七、八年，抓著她臂膀呼喊著：我這一生清清白白啊！怎麼會出這種事呢？教我怎麼對祖宗們交代啊！

前天深夜，愛玲抓著她臂膀哭喊著：「她偏偏去惹我媽，她是要置我於死地啊……。」

「她家人把她藏住了！肯定是她神經病老媽的主意！總是這樣，媽媽把女兒藏起來，說是保護她，說是要和女兒一起戰鬥魔鬼。只有我媽，她叫我出去死，讓家裡乾淨些。我錯了嗎？為什麼她、她們的媽，還有我媽，都要把我推出去？我錯了嗎？」

正瑤驚愕地瞪著她。「阿薔是個自我放逐的孤女。」愛玲常說。正瑤以為黃薔是在孤兒院長大的，她從來沒提過關於自己母親的事。

噢，母親，正瑤感到一顆飄飛在黑暗原野的心臟被擾亂了，惶惶說：「妳沒有錯，阿薔。」

「那，愛玲為什麼要逃？」

「她沒有逃。」正瑤想，也許她該跟黃薔說撞見唐駱和阿V的事，她已經離開唐駱很久了。

「阿薔，愛玲要我跟妳說，她累了，想休息一下。」正瑤想到愛玲的請求：我需要喘息，阿薔和我媽，兩邊的愛都太濃烈，這種拔河讓我窒息。她吃力地走向唐駱的黑色冰箱，拉開，找飲料。好渴！她的身體內部簡直是沙漠，張著幾千幾萬個大大的口。「我喜歡一切會流動的東西。」她喃喃：「阿薔，還記得嗎？喝水，讓身體變成一條河——我們一起看過的電影『紅色沙漠』，『安東尼奧尼』的第一部彩色電影，那個女人『茱莉亞娜』的世界是灰色的，只有為孩子講童話時，土灰色才變成美麗的粉紅色。來喝水，讓身體流動，這世界才會變成粉紅色。」

「我想起愛玲說過：妳很像『紅色沙漠』的『茱莉亞娜』。」黃薔幽幽說著；「我羨慕妳，妳有唐駱，妳的世界是華麗的大紅色。」

正瑤猛震了一下。「我羨慕妳——」愛玲來找她時也這麼說。「其實，我已經離開唐駱了。妳也許知道，或不知道，唐駱他，呃，他喜歡男人，兩個多月前，我撞見他和個男人，在這間工作室。其實，我今天是把工作室鑰匙放回來的，我要離開這一切亂七八糟。」

黃薔瞪著她，驚訝？悲淒？好似都有，曖昧難分的目光；她突然砰地一聲，重重跌進工作檯後的白旋轉椅，椅腳滑輪溜溜倒退，連人帶椅撞上白牆。

啷！那幅「抽搐的心臟」震落下來。

「原來這樣——」黃薔舔了舔上嘴唇，乾澀地說。

正瑤別過頭去看四十五米高的窗外，依稀彷彿愛玲的眼淚在身後滴滴噠噠，黃薔的愛是這麼勇氣十足，而且坦蕩蕩，就像櫻櫻。她此刻想著那個立在杜鵑花爛漫春風中的微笑女子，那段淒傷歲月，她不該跟櫻櫻保持距離的。她懷念那段和櫻櫻相守的粉紅歲月，儘管淒傷。

「正瑤，來和我一起吃月餅吧？」黃薔的聲音從身後傳來；她轉頭，黃薔正淒傷微笑著。「總是個中秋佳節，我們，聊聊天，如何？」

正瑤移動了下腳步，她真是需要勇氣。

四十五米高的玻璃窗外懸著一輪明月。

映在玻璃窗的電腦螢幕版顯影出一顆大大的紅心，亮晶晶；橫框邊閃爍著：God Bless You——

3．風雲轉場

4：55pm——攝氏十四度——陰雲

正瑤意識到他這個人存在，是回到研究所過了一年多的冬日午後，她習慣在星期三去總圖書館查閱研究資料，昏澹的下課鐘聲悶悶響起時，抱著一疊即將開寫的論文資料離開。他似乎不時在圖書館前與她錯身而過。直到她在這個陰雲密集的冷冽冬至來臨之前，她根本對他毫無印象。

「妳掉了一落資料，喂，等等——」他喊住她急急離去的腳步。

她回頭，看見一個年輕的靦腆微笑，白皙潔淨的男孩手中揮搖著一疊資料。「你怎麼確定是我掉的？」

「妳先看看是不是。」

她迅速掃瞄一眼，確實是她影印的參考資料；不過，她還來不及說謝謝前，他開口說：「我叫阿Z，國貿二年級，妳星期三都會出現在圖書館。」

「你又怎麼知道？」

「我注意到妳已經快要一年了，總是在這個下課鐘響，妳會走出圖書館，不管夏天或冬天。」

「哦，我都沒意識到。」正瑤喃喃自語著，她有論文要寫，一堆書要唸，心靈傷痕累累，寂寞追獵，她忘了說謝謝便轉身走了。

4：55pm——攝氏十二～十八度——陰天多雲偶雨

正瑤繼續在圖書館前與他錯身而過。千禧年總統選戰風雲詭譎的那段日子，她把自己關在辛亥路三段租賃的房屋裡寫論文，股市上萬點、反對黨終於政黨輪替、閣揆換人等等都不關她的事，直到四月底，她順利口試通過，六月拿到碩士學位，她都沒再回去總圖書館。

兩年多前她離開的那家事務所，其中的顏姓同事自己出來開設國際律法事務所，積極延攬正瑤再回到法界工作。

「我想繼續讀博士學位，然後教書過完餘生。」正瑤感覺自己跟故鄉那棟三進落的老厝一樣，對人生閉起了疲倦的眼，正要陷入深深的睡眠。

「妳沒看見這座城市正生機盎然嗎？政局大翻轉會隨之經濟大翻轉，我們有接不完的案子，還包括台商們一些國際事務投資案件。我需要妳的無礙辯才，妳的邏輯法則是最機伶的，請來當共同合夥人吧，薪水雙倍加案件分紅，明天就來仁愛路上班。」他丟下一盒名片，居然已經印好她的姓名、公司頭銜、通訊電話住址、E-mail等，英文名字Katheline Lin

還用歐洲古典花體字，在「林正瑤」三個柔潤的標楷字下排串成精雕的粉紫花體裝飾字，看來質感品味都很高級。

「我明天不能去。」正瑤端詳著那盒名片，紙質上了層清香薄膠，撕不破耶。「我後天再去報到吧，先說好，一旦我覺得無趣，你不能耍任何賤招，答應我可以回來繼續讀博士研究，OK？」

「OK！」

3：05～4：59pm——攝氏三十三度——晴天偶雲

這是六月的最後一個星期三，正瑤背了兩大袋文件資料走進總圖書館，其中有五本她的論文，四袋參考資料，三綑細紅繩綁著十字型的各種判例卷宗，她把它們排滿一條長桌，悄聲移過來挪過去。這麼些或早已被遺忘、被湮沒、被時間吞噬的歷史案件，攤在這張長桌上，多麼卑微。它們被流動的時間覆蓋，粗礫的空間磨損，看似真實的案件在時空錯亂中變形成詭譎複雜的謊言，層層疊疊，不斷增累漸進的多年謊言，被掏洗得真實乾淨起來。

要怎樣做才能回歸到人生的基本面？

正瑤盯著長桌上這兩年孜孜研究的案件資料，五本論文排列在西窗逐漸透入的金澄澄霞影裡。

「好個Citoyennes呀！」一串悠揚鏗鏘的語音，漣漪般往她身後包圍過來。「恭喜妳。」正瑤回頭，竟是那個總在圖書館前與她錯身而過的男孩。他對著她說：「Bonjour, Citoyennes.」日安，女公民。她聽懂這兩個簡單的法語，饒富音樂效果。他笑了笑，又說：「或者我該說：『Bonjour, Professeur.』這樣較為準確。」

「Bonjour, Camarade.」正瑤用法語回答，日安，同學。她想起來他似乎名叫「阿Z」，笑著回話：「你不用喊我『Professeur』，我還不是老師，懂嗎？『Buenos dias, Estudiante.』。」她改口講了句簡單的西班牙語，日安，同學。

「哇，妳會西班牙語，真厲害。」他展開一個非常燦爛的微笑，類似自言自語：「我以為法語是很浪漫的語言，所以選修法語，比如我是Citoyens，男公民，讀起來一個音節一個頓挫，很像唱歌。沒想到西班牙語更有音樂性，難怪西班牙情歌聽起來這麼迷人。」

「同學，請問你讀幾年級？」正瑤終於開始觀察眼前這個陽光男孩了。

當時她並不知道眼前這個Citoyens，日後會來運作她的情慾和記憶，只覺得夏日午後的慵懶陽光像金色海洋，她遇見他，彷彿在海洋中揚帆偶遇的觀光客，彼此開心客氣打了聲招呼，各自航向自己的旅程。

5：30pm——攝氏三十五度——晴時多雲（颱風即將登陸）

正瑤走出地方法院，西邊天際黃澄澄的落日晃蕩在高樓大廈間，金光粼粼的晚霞彷彿波濤灑落在她僵硬的身軀；她剛從長長迴廊的迷離光影穿梭而出，心神恍惚，眼前游移著一團朦朧又熟悉的身影——會是那個消失在遙遠年代的馮疆哥哥嗎？

「馮疆！」她不自覺脫口喊著。

那身影竟然轉身向她。他背著金黃霞光，輪廓模糊，教她瞇起眼睛。

「很多事情我早已經忘記了，很多事情注定要被忘掉。就像所有式微的文明一樣，台灣人的淺碟歷史認知到最後會淪為自我剝蝕、畫地自限的社會型態，那些數術儀典如算命宗教等會不停茁壯，讓文明陷入黑洞漩窩。大家以為倚靠算命或者宗教，真的可以擺脫困境嗎？告訴妳吧，唯一的希望隱藏在更迅速的式微中。現今這個社會只是一場鮮明的噩夢，處處顯露出潛藏在我們內心所不願面對的真正恐懼。我不懂的是，為什麼都沒有人聽到那陣陣悲沉肅穆的戰鼓聲？就如同陣陣悶雷隱藏在颱風即將登陸的雲朵裡……」

他們坐在雨後春筍林立街頭轉角的星巴克咖啡廳。正瑤從二樓的大片透明玻璃窗望著腳底塞車的車流，黯雲使夜幕更低垂，桌上拿鐵咖啡那豐厚的奶泡都消融了，馮疆仍在喃喃自語。

正瑤無法插話，將近一個鐘頭過去了，她只是呆怔聽著他彷彿分析時局的喃喃，看著他自憐自溺的模樣。她想問他，你跟我二哥正焱有聯絡嗎，我好久沒看到二哥了。就是開不了口。

「那個×××，就是有本事把最低俗的語言和最粗魯的措辭，結合起來，變魔術般產生莊嚴、崇高的神聖效果，把選民當成十二歲孩童，大把搾吸選票外，還大呼冤枉，企圖淨化他的詭譎勾當，真正大說謊家呀……」

啊，正瑤驀地恍悟：原來讓眼前這個馮疆自憐自溺的，不僅僅是他脖子左側的那塊紅色斑痂（天知道，他怎樣度過那些牢獄歲月），而是他把自己跟外面的世界隔絕開來，他把自己囚禁在熙攘大都會的幾百萬人之中。

「馮疆大哥，你有跟我二哥聯絡嗎？」正瑤終於打斷他的自言自語。

「妳在跟我說話嗎？」他晃神的眼光漂流在遙遠的過去。

「嗯。」

「對不起，妳剛剛說什麼？」

「你有跟我二哥聯絡嗎？」

「妳二哥？」

「林正焱，你學弟。」

「噢，正燚嗎？」他明顯蒼老的眼神閃爍了一下，似乎在搜尋記憶斷片，「我跟他，不同時間被關進去『那裡』，後來，又被關在不同地方，始終沒碰到過。他應該出來了吧？」

「是出來了。但我也很久沒見到他，我以為你跟他有聯絡。」

「噓！」馮疆突然壓低聲音，靠向前說：「我又回到街頭，不多時，反對者變成當權者。我站在分岔的交叉地帶，從前的朋友變成敵人，敵對者同情我，小心翼翼要做我朋友。我現在站成一個橫跨的姿勢，誰是敵誰是友，都弄不清楚，總之兩邊都來耗傷我的元氣。」

這是什麼回答？正瑤驚愕地說不出話，莫非他是從療養院逃出來的？他此刻看來精神奕奕，臉上露出幾近瘋狂的神情，彷彿超越所有思想意識的革命家，就如同風雨來臨前的銀白天光，映照得世界格外蒼翠。

第三章　憤怒的珠寶

1．烹煮相思

「要拋棄自己的過去可不是一件容易的事。」她說，兩丸晶亮的眼珠，燃著熊熊的光，整個人被相思摧殘得厭厭，只剩皮包骨。「妳能體會身心器官都被相思一煎一熬，如被烹煮的食物，慢慢銷融，最後被妳所思念的人吞噬殆盡。正瑤，妳能體會嗎？我就像坐在死蔭之地的加利利人，完全沒有光。」

正瑤再次從噩夢中驚醒，辛苦的黎明。微曦中，她總是被兩團交纏的肉體追獵，一忽兒是唐駱與她，一忽兒是唐駱與阿V，一忽兒是黃薔與愛玲，一忽兒是她與櫻櫻；她流動在團團交錯的肉體中，覺得整個世界都在流動。她的回憶一邊燒著歡快的篝火，一邊跌落闃黯的老厝童年——赫啊，鼓起勇氣狠下心腸，把過去踐踏遺忘吧，像踐踏花園直到它變成一塊普通土地，否則會被這些過去的鬼魅弄得痛苦不堪。

起身，深呼吸，盥洗，穿戴整齊，再一次檢查昨夜整理的案件備忘錄，一疊疊放入黑皮公事包。此刻，正瑤站在玄關的穿衣鏡前，審視自己，她未曾看見這麼陌生的自己。下一刻，她會穿梭在到處覆蓋著波狀鐵皮屋頂的大樓底層，投身繁忙的台北都會，跟著這部都會機器不斷運轉。在下下一刻，她會發覺實際上每天都有很多人被悄悄抹除掉，這些人從各個城鎮來到這個大都會討生活，但總是時機不對。

「是的，時機不對。」她正跟委託的當事人說明整個莫名奇妙的案件，她相信當事人是無辜受害者，但法官的看法跟她不一致。這已經是老調的每日公式，進研究所之前這樣，讀完研究所之後還是這樣，她沒有神經和感覺，只是一部辯護機器，輸贏都不關她的事。

她痛恨這個職業。

上個星期尾牙，她已經向事務所提出辭呈，「當初說好的，我隨時可以離開。」「妳才做了七個月，現在跨入二十一世紀，局勢大好，為什麼要離開？」合夥人問。「我就是厭倦了。」她說，過完農曆年，就不再回來上班，準備繼續去讀博士。

「再考慮一下，妳看年終分紅，買輛車，或者買棟房了吧。」

她堅決搖頭。

夜裡，她把台北和故鄉擺在心中，讓它們互相激盪、交纏，直到這兩個地方都變得虛幻不實，彷彿遙遠、縹緲的地球影像，才朦朦朧朧睡去。

這個農曆年，她選擇飛到印尼巴厘島度假，刻意忘記故鄉的團聚。然而，櫻櫻卻把正在南太平洋做精油高級按摩的她召回來。

大年初四，事務所的人還在過年，她拿出鑰匙，打開雕鏤著富貴吉祥圖案的不鏽鋼門，空盪盪的辦公室，一陣冰寒氣流迎面襲來，她連同行李一起拎進這個十五層樓高的事務所，打開事務所全部的燈光，再打開門，等著的時刻，南太平洋的海風還在體內盤旋。

櫻櫻從寂寂的月光中前來，雙手扭絞著，似乎非常艱難，才把腳步煞住。她們有七、八年沒見面了吧？正瑤驚愕於她美好身軀的枯萎，眼前的櫻櫻比她想像的更衰老，也不過三十歲多而已，卻有六十歲的蒼老疲憊眼神。兩天前她躺在五星級飯店的海景游泳池旁打瞌睡，服務生來請她接一通國際長途電話時，她本以為是合夥人的善意關照，如同善意替她安排這個假期。「林林，請妳以最快速度回台灣來。」她不可置信聽到了話筒彼端既陌生又熟悉的聲音。「妳怎麼知道我在巴厘島？」「我就是知道，別再問了，趕快回來，我需要妳的幫忙。」

自從櫻櫻那張聖誕卡片後，她以為兩個人的關係從此煙消雲散了。八年來，她不知何故竟然一直記著這個女子；眼前這個嘴巴閉得緊緊的女子，正絕望地向她求救，但所有幫得上忙的句子都躲起來了——正瑤發覺自己的嘴巴也被縫合了。

她們之間橫著一道無法跨越的障礙。自她認識櫻櫻以來，總有這道障礙，即便障礙性質轉換了，還是如千噚海溝無法跨越。正瑤聽得見時鐘滴、答、滴、答的聲響，櫻櫻噗、哧、噗、哧的心跳，沉默卻理直氣壯掌控著眼前一切。

她們兩人像杵在空盪人生舞台的演員，忘了台詞，而提詞的天使又不見了。正瑤的伶俐口才找不到任何靈感來扭轉局勢，眼前這個她熟悉又陌生的櫻櫻，臉孔逐漸模糊起來，五官消翳著。她快要沒有臉孔了；正瑤揣度不出自己該用什麼語調，懺悔？熱誠？還是若無其事？唯一她知道的是：不能用公事公辦的接案語調。如果一直無法開口，正瑤望著時鐘，跟自己內心說：最後時刻，就等到十二點，這樣的靜默延續沒有意義。

「我被妳的氣味燒得遍體鱗傷；」彷彿提詞的天使悠遊返回，櫻櫻驀地在最後一刻開口了：「上帝降下天火來懲罰我這個謊言婚姻。」

她還來不及開口。

「我要妳打離婚官司，我放棄所有一切。」

2．玫瑰舞碼

「我感覺到這是我們的錯……」

「妳要把愛情從道德規範的桎梏中開放出來，我們沒有錯。」

「這太瘋狂了。」

「保護我們的愛情是一種謹慎且至高無上的美德。」

「是嗎？」

「是。」

「那麼，為什麼我覺得做錯了？」

「妳沒有錯。」

「妳對自己的熱情不驚訝嗎？妳的上帝會允許嗎？」

「那不關上帝的事。」

「到底是誰的事？」

「我們的事。」

正瑤在黛色玻璃窗看到自己的反影，三十歲，依然玫瑰盛開的臉容，一副姣好修長的身軀，秀髮披散垂肩。她對自己感到無比厭倦。

那些當年的記憶穿過黑暗玻璃，無聲嘶叫著。她歎了口氣，推開薄薄的卷宗夾，櫻櫻的離婚官司沒有什麼爭議點，做丈夫的那個男子幾近完美無缺，虔誠的基督徒，從小受洗，父親是牧師，每個星期日固定上教堂做禮拜，曾經是聖詩班的主唱，如果他有什麼錯，那可能只有一個：他不該愛上櫻櫻。問題是：這整個婚姻謊言是櫻櫻的錯嗎？當年是她跟櫻櫻說：「妳真愛我的話，為我去嫁個男人吧。」在愛情中，她一逕惶惶流竄，櫻櫻則維持古老法則閒適等待；情愛是無辜的——她記得櫻櫻那哀怨的眼神，為什麼妳莫名地把它擠壓得失去本來面目呢？

她要怎麼對那個丈夫說：你沒有錯，你只是愛上一個無法愛男人的女人；而我就是你妻子所愛的那個女人，只是我非常怯懦，我不敢也無法接受你妻子的愛……正瑤不斷喃喃，櫻櫻為何如此勇敢？要承認自己是女同性戀需要多大的勇氣，她為什麼無所畏懼？

眼前還有那本香草色的筆記本，她從衣箱底層去翻出來的；也或者這些年來，她有意無意間就是會把這本筆記塞入行囊，如同她其實無法忘懷櫻櫻。這是本有櫻花浮水印的香草色筆記，二公分厚，夾黏著櫻櫻送給她的各式卡片、信箋、詩篇等。到底是她自己買的，櫻櫻送給她的，還是兩人逛街心血來潮買的？她委實想不起來了。裡頭有稀稀落落的零散句子，她寫的；熱情如火的對話，櫻櫻寫的。她恍惚想起來，有一陣子，兩個人輪流寫這筆記本，櫻櫻還抗議她敷衍冷淡；為什麼這筆記本落到她的行囊？有可能櫻櫻結婚前要她保留著，「我必須假裝清清白白，不然上帝無法接納我。」櫻櫻好像這麼說過，結婚前或者受洗前？

正瑤一直覺得自己的記憶不可靠。

明天上午第一庭，她要說些什麼？

唉。

「林林：

在確定我不再成為妳閃躲的對象後，希望我們展開真正的對話。我不再懇求妳一定要愛我，但讓我有向妳表達愛的機會吧！也許，我與妳，可以透過文字，更具體傳達這份愛的存在。

妳會問我：這是什麼對話？要以什麼形式？要不要設限內容？按照妳的思考習慣，或者按照妳的性格，妳必然想要求邏輯與合理性。

我的建議卻是：放膽寫吧！任性寫吧！這樣妳才能激出內心深處最壯麗的浪濤。妳事實上是個很熱情的人，我不懂，為什麼妳總要用冷漠包裝自己？

我們的對話無所謂形式、設限，純粹心靈與心靈之間的對話，不要管未來如何，更不要管妳我之外的其他人如何。

因為妳是我多年來終於遇見的那個可以作心靈對話的人。

不要刻意閃躲我，我對妳的愛絕對沒有錯。而且我們的故事情節不會複製任何人，以我們的創造能力，一定有我們自己的對話故事。

這就是我深信的，上天給我們稟賦，是讓我們創造自己的人生故事。我們將有機會向世人說：屬於妳我之間的『玫瑰花園』，花園裡的玫瑰是多麼盛開甜美而芬芳。」

「夏天很熱，有些夢想慢慢醞釀。下午依據教授指定的案例開了小組辯論會，大家意見特別多，結果不了了之。

妳寫的這些文字，讓我感覺有個真心的朋友。只不過，妳所說的愛，讓我很困惑、猶豫，我成長得很孤獨，從來沒有跟女孩子打過什麼交道，無法理解妳的意思。

我有點憎恨自己的家族。從小，我就是個不被母親疼愛的女兒。我母親，她似乎只在乎我二哥。只有我二哥，他說什麼母親都會專心聆聽；而我說什麼，她總是心不在焉。

我不知道該寫些什麼，就是這樣了。

對了，唐駱說要拿我當設計主題，他有個『裝置藝術』的構想。

學藝術的人，對我就像外星人，我可能一輩子都搞不懂那些藝術東西。不過，我今天看到洗出來的照片，和我的人形相等比例，好陌生，我一直盯著那照片，不斷問：這是我嗎？

唐駱一直說：這就是妳。他怎麼有辦法把那些腦袋裡的怪東西變成真實作品，好像一齣戲？

對了，這個作品要展示一個月。

還有，唐駱也說了句莫名奇妙的話：裝置藝術是很美，其實一場戀愛比任何藝術作品更美，更精采。

我只是想到什麼寫什麼。

妳盡量別在我身旁打轉，那讓我很不自在，可以嗎？」

「林林：

在經過漫長的無數次思考後，我還是決定要與妳分享快樂的感受。雖然我身邊有一堆關愛我的人，他們都想跟我說話，讓我感到應接不暇；可是，我真正想對話的人，卻只有妳，唯一，純淨。

我是不是高估了自己？或者我誤以為勇於表達內心的情意，可以讓妳更靠近我？結果反而使妳離我更遠，反而引來一堆我沒興趣的男孩子的糾纏？他們都說我長得漂亮，還有人喊我『甜心』，我總是恍惚，總以為聽到妳這樣喊我——很甜蜜，甜蜜到虛幻起來。

我總是被許多男孩子仰慕著——他們仰慕我一如仰慕夢想。而我卻只仰慕妳一人。

我現在的處境，跟妳，正好拉鋸在圓的對等位置——妳有太過迷人的光彩，以致於我成了妳的影子，我看不見自己。我也不敢相信自己會對妳這麼思念，可是這卻千真萬確。

七、八月的台灣，到處是熱與塵，我在非常激烈的陽光下，看到自己的影子，那是依附在妳幻影的影子。」

「我浪費了好幾天，沒做什麼事。這個暑假每過一天就在月曆上打一個叉叉，日子慢慢消逝著。

說真的，我不相信明天。請妳不要一直跟我說關於未來要如何，我真的不耐煩。妳會不會文藝小說看太多了，什麼『Tomorrow is another day』，這很稀鬆平常，妳卻要說意義深刻。我相信許多困難可以解決，但依賴明天太過渺茫了。妳老是跟我提到『飄』這部小說，或者改編成『亂世佳人』的電影，老是掛在嘴邊：郝思嘉把事情留給明天去想，她的白瑞德追得回來嗎？

說真的，妳這麼耽溺在幻想中，恣意揮霍青春，我無法想像妳日後會當法官或者律師，感覺上都不是妳會扮演的角色。

唐駱說得對，妳要考慮轉到外文系或哲學系嗎？他說妳是天生的哲學家。妳外文能力好，想像力太豐富了，我覺得妳更適合當作家。」

「林林：

我想起十七歲的憂鬱，那時陪伴我的美麗是詩人的散落詩句——天空非常希臘，星夜非常羅馬。對未知的想像真美，無限交織的綺麗幻景。心海版圖的美，迷濛之必要，距離之必要，恣意之必要。

千萬不能真的摘星。
星球酷寒一如赤道灼熱，那天空的純淨，其實是光害所造成。
我已經厭倦心靈的天涯漂流，即使漂流會滌淨我的質素，但我從出生一直漂流，便想落腳。
所以，妳成為我落腳的誘因。
我只貼著明天的熱烈，不只今天才戀愛，不只今天才美麗，不只今天的夕陽有夢想！明天的夏夜……妳就放浪想像吧，生命才鮮跳有勁！
戀愛有什麼制約的形式呢？
我曾經心碎，我總是不斷心碎，碎到終於失去心的實體感覺，再也不煩惱如何修補了，生命便進入化境。即使這般，我依然為妳心碎，我好像著魔了，每次想起妳，我的心，便片片紛飛在茫茫的夜風中。
妳不覺得戀愛有一種磁場影響的奧秘嗎？妳愛著的那個人如果敏感纖細，當妳午夜夢迴揪著心，一條相思的繩索就套住了彼此，讓對方的夢跟著妳翻騰……有時候愛得太深，對方無所覺，自己會莫名傷痛呢。
磁場對了，不須言說，雙方的夢皆不安穩，甜蜜從縫隙滲透進來……於是我醒來，發呆時不自覺微笑，走路時不自覺微笑。

林林，被人愛著，妳一定感覺的到，只是不自覺，妳不會無緣無故微笑嗎？如果我不是那人，那麼，妳以為的那人，也往往不是妳誤以為的那人，或者妳認為不可能的那人。我感覺妳愛戀很深很深……它們深刻如劍，直直地刺入我心中。」

3・擁有昨天

強迫自己相信委託人都是無辜者，是律師信條。正瑤驚覺生活開始虛無起來時，她正在圖書館翻閱貝克特的劇本《等待果陀》，這實在是空前大荒謬，她連書名都沒弄懂，卻翻看了一下午，只因為櫻櫻的官司讓她心煩，只因為一股不祥的巨大空寂襲進她的心海。

或許她不該去翻開那本香草色筆記，如今那些過往的文字淋在她身上，敲撞著她的心頭，讓她重新驚逃起來；她又看到自己騎著黯夜的馬匹，企圖穿越那片野蠻的香草原野，奔向憂傷的文字汪洋裡。唉，難怪她在翻《等待果陀》，旁邊還有尤涅斯柯的荒謬劇本等待著。

「我恰巧厭倦了我的雙腳和指甲，以及我的頭髮，我的影子。」一道低沉的嗓音傳入她耳膜。

映入她眼眸的冬日昏澹中是個閃著光影的男孩，啊，是阿Z。她居然想起來他是誰。他手中捧著本詩集，靠近她低聲讀著：「我恰巧厭倦了人的生活。」她看到書的封面，聶魯達。

「哦。」她彷彿傾聽到無聲之音，來自於遙遠的海洋，遙遠澎湃的浪花。

「愛是如此短暫，遺忘卻如此漫長。對吧？『Buenos dias』，我多選修了西班牙語，不過，真是無能為力，被當了。」阿Z笑笑，「只好聊勝於無，看看用西班牙語寫詩的聶魯達。妳顯然都沒曬到太陽喔，好蒼白，打官司很煩吧，還是很荒謬？」

「都有。」

「大家都一樣，我也被一堆統計數字弄得頭昏腦脹，好像我們活著，只是為了補足痛苦所需要的統計表。」

赫，他這麼年輕，是不經意說出如此哲學意涵的話嗎？正瑤呆怔著，覺得自己得了痴愚症，對所有事物都無法反應。

「電影社有部不錯的老片，『斷了氣』，是法國導演Jean-Luc Godard拍的，要不要一起看？我是確定會看不懂啦，不過，聽說看不懂才是正常反應。我想，可能妳現在的心情很合適吧。」

她點點頭，被催眠般跟他走出圖書館。

「林林：

好像沒有什麼是重要的，我漸漸失去了熱情的耐心。

吃飯，睡覺，看書，不過是維持我生命持續的假象。沒什麼是迫切的，常常我出現的狀況是對這個世界失去感覺。

就算愛情也是，無望的愛情，就算哪一天妳真的應許而來，也會離去。

我到底在等什麼？以前我充滿期待與信心，可如果我擁有妳的愛，真的就快樂了嗎？

我不是失落了一角；而是我的本身就是一個零。昨夜又作夢了。很尋常的學校生活，我過我的妳過妳的，妳與我不時地錯身而過，妳的臉上毫無表情。我盡量地去相信，這只是夢，妳對我不會毫無表情。」

「林林：

妳回學校了嗎？最近有一個同學會要開，讓我陷入某種孤絕。我以為那是離我好遠的東西了，可是她們竟又全都回來了。

我感覺好冷，儘管這是夏天。妳應該還沐浴在北回歸線以南的溫暖陽光吧，我卻栽入另一個冰的世界。

我很猶豫自己是否要去見她們，覺得在那種場合少我一個人好像也沒差。從很久以來就是這樣，這也讓我猶豫。她們那一群人對我來說，是根本不想面對的過去。

我以為遇見妳，我的生命便進入了另一個時期，揮別那個藍色時代了。

這些不知道妳喜不喜歡了解。

妳覺得我該面對過去嗎？

『Your future depends on your dreams.』——記得妳跟我講過這句話嗎？『妳的未來取決於妳的夢想』，所以我趕快去睡覺，我正走進妳的夢裡，放慢腳步，輕輕走，把思念化作一道道色彩，讓我們的靈魂停駐在十七世紀，不必趕時間。

思念有多深，愛就有多深……。」

「林林：

夏日快樂！獻給妳這張世界上最美的落日——伊亞懸崖頂端的愛情海，幾乎直視著阿波羅的眼眸。（PS：希臘的Santorini島）

我相信美麗會滌淨靈魂的苦。

請答應我的祝福，妳快樂我才幸福！

這些祝福，會一直在妳身邊，曖曖地泛著溫暖的光。

生活好像又要開始了，夏天過了，琴聲總是要繼續彈下去……」

4．緘默的迷宮

「這是主的安排，一如母親行使權柄為子女祈禱，希望你能成全櫻櫻，願上帝安定你的身心。」

那淚水凝聚在右眼眶，慢慢匯集能量，四面八方兜攏，擴大，成了一顆非比尋常的淚珠，慢慢地淌落右臉頰，前所未有的眼淚，彷彿巨大的珍珠，宣告珍貴的愛——正瑤在那顆眼淚裡聽到不可置信的天使的聲音，我的愛死了！她僵在這個無所遁逃的時空中，巨大的寂靜，無垠的空曠，聽到自己血液汩動的聲音被阻隔在時空之外，多麼不可置信，就像她剛剛，或者遠古，從嘴裡吐出的那席話。

然後，一個單純、沉靜、絕望的微笑，那個男子失去所有臉部肌肉般，放棄了與櫻櫻的婚姻。

我做了什麼？天哪……

正瑤呆立在法院門口，無比懊悔——她摧毀了一個美好的靈魂，一個原本被祝福的愛，該下地獄的應該是她。

「喂，我已經喊妳三次了，妳是律師吧，我需要妳——」一道沙嗄的聲音攔住她眼前的陰霾。

「我不是。」她氣弱游絲低喃著，「我是個該下地獄的混帳。」

「那妳就是律師了，沒錯，律師都很混帳，至少妳很誠實，我要委託妳控告×××集體說謊。聽到沒有？美麗的律師小姐。」

我是大正八年出生的，呃，那是一九二九年。昭和十一年，也就是一九三七年，被日本皇軍軍部徵召，是第一批台灣籍軍伕。我去現在靠近圓山飯店的那附近，當時是皇軍軍部的一個指揮中心，報到。應該是十月份，支那事變發生不久的時候……

烽火不斷加上烏煙瘴氣，我確定看到軍部徵召了一批慰安婦，她們身體強健，而且都有父母簽署的同意書，跟著我們台籍軍伕上了軍艦，一路航向支那去……妳還年輕，沒有經過我那個時代，被這些傳播媒體欺騙了……她們當然算從軍，有領軍餉，還多領慰安錢，所賺的錢比當時的教員多上十倍；我親眼看見的，就在上海，她們買了許多珠寶，跟著我們軍艦返回台灣，她們回來這裡蓋樓仔厝呢，一棟又一棟……

為了錢啊，電視一照就哭，都是假仙的啦，能活到這麼老去領補償金，不就是身體強健嗎？那個什麼律師是笨蛋啦，被這些虛假的眼淚騙了都不知道，還以為自己在主持國際正義……

我要控告這群慰安婦集體說謊！

她們通通都說謊！

尤其是她，雖然時間不停地摧毀記憶，卻摧毀不了我對她的印象。

『たまこ』，玉子，這個女人，當年對世界做肉體的吸收，對我的靈魂做搧拍、騷擾，她就在從事慰安的時候用一副無辜的眼睛看著我，教我發狂。她跟我說，她只有吻過我一個男人，如果能夠活下來，她會等我。結果，我拼了命活下來，活著回到台灣，拼命賺錢存錢，在終戰之後買了一顆紅寶石去鑲成戒指，送給了她，我一點也不計較她曾經……就是那個；台灣當年大家都很悽慘，能在戰亂中活下來多麼不容易。たまこ，她收下我的紅寶石戒指，也收下我幫她保守曾經那個的秘密，卻莫名奇妙失蹤了。我找遍整個台灣，甚至找到她曾經跟我說的老家，在埔里，她的父母住在一棟很氣派的樓仔厝，弟弟還當了醫生；他們通通否認，說沒見過她，他們不曾有叫たまこ的女兒。我以為她忍受不了回憶的糾纏，走上絕路……

妳無法體會那種感覺，她，たまこ，收下我紅寶石戒指的女人，在我體內死去，我為她哀慟了這麼多年，直到我在電視裡看見她。

就是她，たまこ，我不會認錯，那一副無辜的眼睛完全沒有改變。

たまこ，竟然坐在她們之中哭號。

たまこ，收了我紅寶石戒指的女人，嘲笑著我這麼多年的哀慟。はどこにあますか，ばかやろ！これは俺をおこらせるんだ！

我堅持要控告到底。

正瑤完全無法化解眼前的窘迫，大正八年出生的老人居然跪在地板上，強烈要求她接下這件訴訟。在法院門口時，她無心回了話：「也許我的合夥人有辦法，老先生，請您不要這樣。」這老先生堅持跟著她來到事務所，然後呢？『ばかやろ！』她此刻內心大叫著：混帳！合夥人連一句話都沒聽完整，就閃得無影無蹤。真正是『はどこにあますか』，天理何在！她感覺大正八年出生的老人所說：『これは俺をおこらせるんだ！』，這讓我憤怒——她在憤怒，怒自己，為什麼把全世界最不該參與的事物都攪進生活裡？

「老先生，您請起來好嗎？」

「除非妳接下這個案件，我要控告慰安婦集體說謊，我要控告たまこ說謊，她們通通都在說謊。」

「我了解，但——」

「沒有但是，妳只要接下案件，不然我再也不起來。」

她委實不知該如何回答。有那麼多的死者，有那麼多被欺瞞多年的傷慟，如同有那麼多被紅日割裂的理想，也如同有那麼多薑藏香吻的手；唉，她有那麼多想遺忘的事物。

「好吧。」她暗地罵自己一聲：ばかやろ！

「我喜愛我們之間的障礙。」櫻櫻說。大片玻璃窗外是敦化南路、仁愛路圓環，她們坐在雙聖冰淇淋靠窗邊，無聲望著窗外一棟棟建築淌著汗，六月底的一個下午，總共只有這一句話語。

她看著櫻櫻眼眸裡的冰寒，一直想起櫻櫻以前寫的詩箋：

親愛的，沒有人會在我夢中如此安睡；
即使我將離去，我也會帶著妳的記憶一同離去，
我們會一同跨過時間的海洋。
我的手為妳張開了細緻的紋路，
等待妳前來探索，
別讓這輕柔的盼望手勢，
像漂浮的浪花淡去。
妳的雙眼緊閉如鳳蝶羽翼，
我在迷宮中追尋、跟隨，
任由妳湧動的心浪將我帶向世界，
或夜晚，或風所織紡的命運。

妳是我永遠的夢，
我將帶著妳眼睛的影像去尋訪，
我那心中芬芳的玫瑰國度。

現在這詩箋的每一個字在她顫抖的手指間一一流動。

酷熱的八月。

櫻櫻竟在十多年後帶走她的夢。

「……再也沒有那些不停碰撞船身的頭顱了。我安息後，請將我的骨灰帶往京都清水寺，灑向懸崖。」

那個男子帶來一個豆綠大理石的骨灰甕，和這張絕望的告別書。

「……還記得多年前青春的我們站在鵝鑾鼻燈塔的瞭望台嗎？

那中央山脈的尾閭亮綠，妳說：『像美人魚分岔的魚尾。』指向分岔之處，跟我說那個香蕉灣有塊岩石像帆船，排灣族把那裡稱做『帆』，漢字寫成『鵝鑾』。『以後妳把我的骨灰帶來這裡，要在落山風季節來，這樣我的骨灰才能隨著季風，往南中國海飄飛。』那時八月盛夏，天藍雲白。世界還很神奇，死亡還很遙遠。妳向我預告著一件生命結束的任務。

我當時也向妳預告著結束我最終歸宿的方式。妳還詫異問：『為什麼是京都？』我說：

『因為妳說過在京都出生。』

『有嗎？』妳看著我的眼神很困惑。

這就是妳，對記憶深處的痛楚總是依稀彷彿。

我喜愛我們之間的障礙……」

她現在終於感受到那位大正八年出生的老人所說的：在我體內死去——櫻櫻回到她的體內，再一次吞服牛奶和安眠藥，再一次死亡；她走路、吃飯、睡覺，櫻櫻的死亡不斷地來回，不願離去，讓她清楚那深沉、絕望的哀慟，她完全無法招架。那些櫻櫻所寫的文字，看與不看，總是縈繞著她，讓她一點也動彈不得。

「親愛的——用這樣平凡的開頭讓我深感羞怯，卻很真實。請原諒我的離去，要向妳告別，放開一直渴望擁抱妳的雙手，比想從死亡去重組喜歡的生命方式更難為。

那些朦朧的人借妳之軀，讓我在人世間的迷宮中前行；路，總是從一條岔到另一條，另一條還有另另一條，沒完沒了。

妳也許會問我：『真找不到門出去嗎？』

親愛的，我從來沒有找到出口，即便我已來到盡頭。

我跟妳都還陷在這無可奈何的障礙裡。這障礙無正面，無反面，甚且無外牆的城堡，而這城堡包覆著整個宇宙。

我比妳先踏進這個錯綜的迷宮，發現趑趄或奔馳，都無法逆轉過去。在抵達了一系列事物的終點時，絕望的焦慮，已經不再對我凌遲了。我在此張告別書描摹的字句，已經非關我事。我變得模糊，隨著那些已經朦朧的人們，像一場風聲撞擊塵土，讓銀河掀騰如豪華歌劇；我突然明白，星辰從天空落下，結束的是我的光明，而非妳的黑暗。我並不勇敢，可是我深知妳一向勇敢，那些暗影怪物從來不存在妳的世界，不存在妳想像的衣櫃，也不存在妳的現實生活。

我卻總是看到那麼多死者，那麼多圍繞著生命鐵達尼號撞擊的頭顱……

我現在不怕了。

因為我在另個世界也在這個世界，日後妳在和黑暗戰鬥時，我願我的光透過思念源源灑出，不斷挹注能量讓妳更堅強。

所以我為妳寫預告書。

因為死亡在生命過程中從未被出賣，它是唯一可靠的承諾。趁我還風華，還有能力解析這恢弘且必然的死亡，趁所有遺憾來不及之前。

希望我是妳永遠的夢。

櫻櫻　二〇〇二年八月」

該死的夢！

正瑤被這些字句淋得體無完膚，它們追獵著她，天地無所遁逃。她因此走進精神科門診，對那位「我了解」的精神科醫生說了地久天長，拿了龐沛無比的一堆膠囊藥丸。

然後呢？她吞服藥丸如吃飯，面無表情地上辭呈，請事務所代寫一封委婉的信給大正八年出生的老人，「實在查無法源可依循」。

她根本不能再有任何感受，櫻櫻的死亡巨大到凌駕一切。甚至凌駕著飛向京都的三萬五千呎高空這些棉花糖般的白雲。正瑤飛翔在對流層頂最平靜的空氣帶，卻無法平靜心海之間的傷慟，向著東方太陽方向的島嶼飛行時，她恨不能打破那機艙玻璃窗，讓自己由高空墜落，如同櫻櫻殞落。

她惺忪的睡眼浮現西陣手織的綢緞腰帶，粉紅櫻花蒼翠松柏的美麗圖案……那隻翅翼有著兩隻大眼睛圖案的孔雀蛺蝶，像蕭邦夜曲，幽幽穿梭在黯綠的松翠間；她看見父親懷抱著包裹在粉紅棉被的自己，走進泛出嫩葉溼香的樹下小徑，小徑環繞著菖蒲葉茂盛的池塘，水塘中浮現團團的睡蓮葉，粉紅纓花一簇簇，垂掛在岸邊，枝梢因承受不住重量而低俯著。父親小心翼翼踩著池中的腳踏石，他那白棉襪夾著高齒黑屐，倒映在水塘中，聯結著一片小松倒影，好像兩隻翩翩飛穿林間的白紋鳳蝶呢。「小姑娘，這是真正的春天哩。」父親歎了口舒緩的長氣，來到了橋殿，側身坐在背靠的木凳上。兩抹盈盈紅灩閃進父親俯看著她的眸中，彷彿簇簇纓花在他的瞳孔綻放開來。「啊，在這櫻花盛開的日子裡！」父親對著她燦爛笑了。嬰兒的她打了個大哈欠，微風是清清淺淺的漣漪，不斷擴展著松、櫻的麗影。櫻紅柳翠裡的那隻孔雀蛺蝶，引領她穿過重重綠蔭，飛出松林與櫻叢，飛出殿宇鱗次的平安神宮，飛出灰簷紅瓦房頂的古屋群，飛出京都的迷濛山嵐，飛出她那生命初胚形成的母地；「正瑤，正瑤……」有人不斷響喚著她的名字，如流水般；父親？櫻櫻……她可不可以永遠在這個美麗夢中，無論如何都不要醒來呢。

「躺著就是半睡，半睡有好沒壞。」她努力要回去昨日的夢中，父親彷彿站在平安神宮旁的御苑口，一身雪白浮團花的長袖絲和服，對她微笑。等待曙光時，她習慣自我喃喃。這一個黎明，她在青碧熹光中，已經無數次看見週遭飛旋一蓬蓬閃亮金粉，櫻櫻豆綠色的骨灰甕多麼像阿拉丁神燈，用京都最柔熟的粉紅櫻花圖案絲綢包裹著。她想，她畢竟經驗了櫻櫻付出的驚駭的幸福，儘管這幸福像雞蛋與石頭翩翩起舞。她打了個哈欠，緩緩從旅館走出；她欠櫻櫻這個安頓，沒得商量。

微風、松綠、楓紅。秋深，她捧著櫻櫻走進京都的迷濛山嵐，在瓦役町招了計程車，一路映入眼眸的殿宇鱗次、灰簷紅瓦，璀璨楓葉。那坐落在音羽山半山腰的清水寺，巧借山景，「一定要走過蜿蜒的坡路，就走清水坂好嗎？最熱鬧，有本地陶瓷『清水燒』的店鋪，很值得看。」計程車司機頻頻向她推薦。她靜默地下車，走過眾多店鋪，來到清水寺的西門。門前石階上一堆遊客駐足，祇園的舞伎踩著高達二至三吋的木屐穿梭著，大家猛按相機快門。她抿著嘴唇走進清水寺，挨擠的旅客嘰嘰喳喳，導遊的介紹飄飄飛進她的耳膜：「江戶時代，這裡是表演雅樂的舞臺，那年代總共有二百三十四件跳崖事件，不過跳崖者的生還率有百分之八十五，這是有本尊千手觀音，脇侍（わきじ）地藏菩薩，和毘沙門天保佑的關係……依附錦雲溪懸崖峭壁而建的懸空『舞台』，由一三九根高十二公尺以上的巨大欅木並列為六層來支撐，有一九〇平方公尺的高臺懸在山坡上。我們日本人說：『抱著從清水寺的舞台跳下去的決心』時，是表示連跳崖的決心都有，應該沒有辦不成的事。或許因為如此，這個『舞台』如今仍是日本自殺者最喜歡的地方……」

唉，瘋狂的日本人。

她哆嗦的手撫過懷中的櫻櫻，彷彿有一蓬蓬的纓花在她霧翳的瞳孔綻放。「從來都不是粉紅色，妳這個傻瓜，是香草色！懂嗎？妳在我心中留下一個缺口了。」她解開絲綢平結，將甕蓋掀開，西風吹著霧嵐，「到此為止吧，櫻櫻。」

現在，櫻櫻骨灰從依山而建的一九〇平方公尺高臺飄飛而出，越過京都所有楓紅，越過輝煌無比的金閣寺，越過祇園、花見小路，越過紫金色菊花、杉並木，一直飄飛向燦亮的遠方。

日落京都，她張著空洞的嘴，天頂赤紅紅，她的眼睛漸漸看不見了。

第四章　霧櫻殞落了

1．命運浮印

「我們的愛情要有抱著從清水寺舞臺跳下去的決心。」這是世界上最亮麗的一道風景線，誰能質疑呢？正瑤喃喃著：「我願意千百次放棄我所擁有的，不管是陰影合唱隊伍，或是我內心聽到的、無補於事的嘈雜聲，和始終凝聚在我眉間的孤傲，如果能夠呼喚逝去的妳……」那飄飛在京都楓紅霧嵐裡的骨灰。愛情婚姻，日落京都，她依稀看到巨大謊言的血腥風雲。

那是個大暑過後的日子，天月德日，諸事皆宜。陣陣從竹溪寺方向吹來的南風，烘烘燻得赤崁城的鳳凰花樹起了大火，一蓬蓬燒得天空紅灩灩，燒得地面的蛐蛐兒嘶叫不休；更燒得林家大房老厝後進的西廂房，八卦窗口懸掛的那對綠繡眼，在銀絲鳥籠中翅翼綣縮，垂頭奄奄。

正瑤對著紅木高腳几上那掛豐肥燦黃的香蕉，怔怔出了半天神。

三天前，她那個讀台大法律系的二哥正焱回家了。母親特別吩咐廚子辦了一桌盛筵，為二哥補補身子；「你一個人住學校宿舍，肯定沒好好用過餐，看你都瘦得肩骨露出來了……」母親難得一口氣說那麼多話，而且——正瑤幾乎不敢相信自己的眼睛——她居然笑了，笑得很開懷，很燦爛。

但對正瑤來說，真正引起她注意的，是二哥的學長。

「我叫馮疆，念醫學系，正焱同班同學馮蘭的哥哥。」他一雙大眼會勾人魂魄，雙眼皮清楚分明，鼻樑高挺，五官輪廓很深，乍看之下，倒有幾分像西洋明星賈利古柏——那是放春假時，母親帶她去『第一全成』戲院看的一部黑白片，她依稀記得片名叫『日正當中』，賈利古柏演一個為了正義不惜孤身對抗一群盜匪的警長。她一直無法忘記的是，當銀幕的賈利古柏騎馬孤獨地向黃沙滾滾的遠方而去時，母親竟然落下了淚珠。

三天前，正瑤再夢裡看見賈利古柏對她笑，還一把抱起她，說：「妳一定是正瑤，對不對？跟妳媽媽簡直一個模子印出來。美麗的小公主，妳好！我叫馮疆，很榮幸認識妳。」說著賈利古柏親了一下她的額頭。

「嘿，我就這麼一個寶貝妹妹，你可別對她動什麼歪腦筋啊！」二哥笑著把她從馮疆懷裡搶抱過來。「嗨，小公主，妳這些天過得好嗎？想不想二哥？來，給二哥親一下。」

正瑤柔順地往二哥的面頰親了一下，她其實更想親的是賈利古柏呢！

「正焱，別胡鬧了，快把正瑤放下來。」母親臉色有些許不悅，「她已經十歲多了，開始懂事了，你們兩個大男孩這樣鬧她，不太好吧。」

賈利古柏一個箭步，攬住母親的肩膀，嘻嘻哈哈逗趣地裝了個鬼臉，說：「伯母吃醋囉！其實我一心想抱的，是伯母這樣的大美人呢！只是怕太造次，才抱抱您可愛的小複製品，哈哈，開玩笑的啦！伯母，千萬別生氣，我從小就這麼瘋瘋癲癲，連我妹妹馮蘭，也是動不動就被我拿來當擁抱的對象，她還抗議呢！誰叫我交不到女朋友，只好『無魚，蝦也好』。唉，越說越離譜了，都是因為看到伯母，太高興了，語無倫次的，請多原諒。」

「你這一張嘴，真是甜得像蜜，怎麼會交不到女朋友？」母親被逗笑了，好奇地問。

「媽，妳還真相信馮疆交不到女朋友呀？」二哥插嘴說，「他呀，是被那些女同學追怕了，自己不肯放下身段，還對外宣稱什麼『台灣一日沒有真正的自由民主，他就一日不交女朋友』。」

「『台灣一日沒有真正的自由民主』？馮疆，你、真覺得、我們沒有、自由民主、嗎？」母親忽然臉色凝重起來，蹙著眉頭，她那雙美麗大眼閃過絲絲恐怖的顫慄，彷彿看到了什麼無形的殘酷影像，臉頰不自主抽慉著，連說話的聲音都變了調。「我、我們，不是很自由嗎？而且，去年底，我還去、投票、選、市長呢，怎麼……你會有這種想法？這很危險。」

「媽，我話都還沒講完，妳不要窮緊張嘛！」二哥連忙打斷母親的話，「馮疆的『台灣一日沒有真正的自由民主』宣言，只是他用來抵擋眾多追求者的煙霧彈啦；哪一天他碰到了剋住他的女孩，台灣就馬上有真正的自由民主了。」

「不用等了，就是今天。」馮疆對母親眨眨眼，淘氣地說：「看到伯母這樣傾國傾城的絕色，真覺得台灣是個自由民主的天堂。」

「你們兩個，真是——」

「一對寶！」馮疆又湊近母親面前，說：「伯母，妳乾脆就收我作義子吧！告訴妳一個秘密，我和正焱是同月同日生的喔。妳就當生了我們一對雙胞胎如何？我長得也不比正焱差吧？」

「說到哪裡去了！」母親臉色總算稍稍紓解，微微笑起來。「令堂大人怎麼會答應這種事呢？你這麼優秀，還是未來的準醫生，能生到你這款俗語說的『黃金仔子』，是每一個做母親的夢寐都求不到的。」

「所以，伯母，能認到妳這麼位絕世美人做母親，也是每個做兒子的男人夢寐以求的；」馮疆展開一個極其燦爛的笑容，說：「我們就彼此成全對方吧？」

「可是，你的母親——」

「報告伯母，她在我讀高二時因為癌症去世，這也是我為什麼選擇學醫的原因。當時，我有很深的無力感，如果她能多等我十年，至少，我可以幫得上忙，可以使她走這條路時，不要那麼痛苦。」

「哦。」母親神色黯然了。

「媽，馮疆他父親是個老軍官，退伍了，靠領什麼『戰士授田證』的津貼，我也搞不清楚啦，反正生活很吃緊；」正焱靠近母親身邊，小聲說：「他和馮蘭可以說相依為命，讀醫學院的費用等，都還要兼幾個家教才湊足的。」

「哦，」母親充滿了愛憐與哀愁的臉，連正瑤也看得一陣暈眩；她緩緩說：「那我就叫你——阿疆，可以嗎？」

「那麼，我可以喊一聲『媽』囉。」馮疆開心地一把抱住母親，迭聲喊著：「媽，媽，媽，我真不敢相信，老天竟然憐惜我，送我一個這麼美麗和藹的母親。我真是太高興了！今天晚上我請客，大家一起去看電影如何？」

「怎麼可以這樣亂來，」母親笑著微微斥責，輕輕把馮疆推開。「收義子，要按照禮數來辦，不是嘴巴隨便說說就算了，要拜天地神明，還要昭告祖先，請長輩來作見證。嗯，我還要去找算命師看個好日子。」

「嗄。」馮疆吐吐舌頭。

「我可是有告訴過你，」正焱聳聳肩，「我這個母親大人是很重視禮儀的。」

「那，我可以先喊『媽』嗎？」馮疆看著母親，不敢再嘻皮笑臉了。

「阿疆，我沒有正焱說得那麼嚴格，只是覺得這事情要慎重來辦。更何況，正焱他父親，經常不在家，也要跟他說一聲吧。」

「媽，妳就不要小題大作了。馮疆知道我們家的情況啦。爸那裡就不用通知了。反正馮疆有父親，他只是要認個義母罷了。」正焱靠過來攬住母親，他和母親的心靈默契相合，總是知道母親在擔憂的事。

「正瑤，哦，不，妹妹，妳想不想要看電影呀？」馮疆突然轉向正瑤，輕輕拉起她的手，問著：「我知道有一部很好看的電影，香港拍的，叫做『不了情』，由最美麗的影后林黛和最英俊的小生關山主演，那林黛長得非常像妳和母親呢！」

正瑤盯著眼前這個大男生，被他那彷彿催眠般的聲音一問，不由自主地點著頭。

「好啦，連妹妹都要看電影，」馮疆靠近母親，輕聲喚道：「媽，晚上就由我請客，大家一起去囉。」

「哪有叫你請客的道理，」母親說：「我是長輩，晚上吃完飯後，由我帶你們三個孩子一起去看那個什麼——」

「『不了情』，香港拍的。」正瑤突然接了話。

他們三人同時轉過來，盯著她。馮疆反應快，「看我們這位小公主，記性一流，將來長大肯定不得了。」

可是母親臉色卻凝重起來，她壓低嗓子問：「是林黛主演的『不了情』嗎？那不是以前就上演過了？」

「是這樣的，我看報紙介紹說是為了紀念林黛逝世五週年，她是七月十七日離世的；」馮疆趕快做說明：「所以，從七月初開始，特別把她所主演過的、有得過亞洲影后獎的電影，再重新上映，分別是『金蓮花』、『貂蟬』、『千嬌百媚』、『不了情』，還有一部她去世後的特別紀念獎『藍與黑』。現在正好演到『不了情』。不過，聽伯母，噢，『媽』這一問，會不會『媽』已經看過了？那麼我們挑別部吧，還有一部電影叫『虎豹小霸王』，是美國好萊塢今年夏天的熱門片，保羅紐曼和勞勃瑞福主演的盜匪片。」

「嘿，我都不知道你還對電影這麼熟悉呢。」正焱拍了下馮疆的胸脯，睜大眼睛，一臉讚嘆與驚訝。

「我台北住的那個老舊宿舍，拐個彎出來，過兩條巷子就是西門町，電影院林立。噢，倒是跟你們家這裡很像，你們這裡的地號叫做『電影里』，真是太巧合了。」馮疆說著拍了下大腿，彷彿發現什麼新鮮事了；「嘿，這一定是老天注定我們要結緣的，誰教我們都住在戲院林立的地方呢。我和馮蘭，從小就愛看電影，那差不多是我們唯一的娛樂哩。」

「給你這一說，好像我們家的人，太辜負老天的好意了。」正焱故意裝出一副懊惱的樣子，去逗母親；「據我所知，媽以前是非常愛看電影的，她還因為看電影而有一段傳奇愛情呢。誰知我們三個小孩一出生，她反而不看電影了，應該是照顧我們太辛苦了。」

「我沒看過『不了情』。」母親倒是避開正焱的逗鬧，一本正經的說：「林黛演的電影，我只看過一部，叫做『翠翠』，好像是她的第一部成名作。我記得帶了正焱去看的，那時候他六歲，電影一開演他就呼呼大睡，還打鼾呢！害我很不好意思，隔壁的觀眾好像都不時盯著我看。後來，我就不常看電影了。」

「原來還是我害的，真對不起噢！」正焱很誇張地鞠著躬。

「好啦，都黃昏了，我去盯廚子給你們做桌清涼消暑的晚飯。正焱，你招呼阿疆吧。」母親說完，往後院走去了。

「正瑤，妳長高了。」二哥望著母親的背影消翳在後院，回過頭來，拉著她的手，用他那對明亮的眼眸仔細看著她。

「二哥。」她一時不知該說什麼。

「小公主，這是我和正焱送給妳的。」馮疆這才從背袋中掏出一個長方形、用紅玫瑰彩色包裝紙加上銀絲緞帶的物件，鄭重地交到她的小手上。

「這是什麼？」她呆呆的，覺得自從這位賈利古柏大哥哥踏進她的世界來，她的一切思考和反應都停頓了；此刻，她小小的心靈感受到一股澎澎衝擊，天旋地轉。

「打開來看。」二哥輕柔地拍著她的膀子，「正瑤，享受一下拆禮物的樂趣呀。」

她彷彿被拉著絲線的木偶，二哥一個牽引，她就一個動作。銀絲緞帶長長的，她小心翼翼折了下來，心想可用來做髮辮的蝴蝶結；紅玫瑰紙黏的膠帶，她用小指甲慢慢摳了下來，把紅玫瑰紙攤平，裡面是個有碧竹圖案的長方形紙盒，掀開來，一本淺豆綠緞面的日記躺在她的手中。

那時西天晚霞正好映照在淺豆綠緞面上，彷彿浮印著一叢叢的紅玫瑰；她展開了心靈的初步紀事：我們的愛情要有抱著從清水寺舞臺跳下去的決心——她曾經這樣寫在日記裡，只因為她記得父親一再說她出生在京都，京都有座清水寺。

她才十歲。

那只是一種模模糊糊的愛情憧憬，哪裡知道命運會依照她的童稚幻想，惡作劇般上演在她往後生活中？

正瑤駐足在音羽山半山腰的清水寺舞台，望著旁側的小山泉瀑布，她飄飛在十歲的記憶裡，命運彷彿預言一一發生了。啊！櫻櫻，數千萬年來，如同這湧出清澈流水的『音羽の滝』，歲月一直詛咒著我們的愛情，儘管西洋諺語說：『Curse is a blessing in disguise』，但我們卻根本不曾被祝福……她望見自己的靈魂碎裂在京都落日中。

2．無聲的游擊

正瑤不記得那是二〇〇幾年，只記得她無所事事，所以去圖書館。她原本世界裡的熟悉事物開始變得陌生，彷彿她根本不曾走過那些歲月，「當然包括圖書館，那是當時我所能找到的最安靜的地方。」她後來總是這樣解嘲自己。

「我一直在世界的這一端守候著妳。」阿Z後來總是這樣接續她的解嘲。

她和阿Z各說各的，各過各的，沒有交集，且不是平行線。

她不可能帶上他的，她的世界太酷冷——冰與火如何撞擊？

「就是撞擊了。」阿Z試圖用熱情的火燄打愛情游擊戰。

最先是紙條。

「Even教科書也被篡改歷史，破壞歷史原本應該服務的事實——別再看那枯燥的法律條文吧，Citoyennes，可以一起吃個晚餐嗎？」

「詩人不該將自己國度的子民帶領到地獄——我突然感覺妳像個詩人，我是妳的子民。」

「社會運動假若消失了中產階級，只是往下延伸，深入基層，到最後，最基層的痛苦會轉變成直接投射，亦即以暴制暴——妳是快消失的中產階級，我是快變成最基層的痛苦者。」

接著是微笑與低語。

「我剛剛讀到這個常識：生氣會使人產生一種『色氨酸羥化酶』，它會使智商暫時性降低。」阿Z在昏澹冬陽中像鑲了一圈光暈，微笑有如天使；「妳先別生氣，我只是想請妳到羅斯福路一條巷弄裡吃盤最香的臭豆腐，其他的心念我現在都負擔不起。」

「春天到了，一起去喝春茶好嗎？」

「妳的冷漠好奢侈。妳怎麼能對外界事物如此無知無覺呢？」

「唉。」

阿Z不知道她活在連她自己也不了解的世界裡。

誠如那個大正八年出生的老人，他對她說過同樣的話：「妳怎麼能對外界事物如此無知無覺呢？」

「找不到法律條文可以控告。」正瑤對大正時代出生的老人鞠躬道歉。

老人接到她委託事務所轉寄的婉拒信，急忙衝向事務所，恰巧趕上她去遞辭呈，收拾什物。

老人無論如何糾纏不休。

「我一個非常好的朋友死去了。」她終於對老人狠狠搖頭；「我必須要去京都料理她的後事。您的控訴，真的沒有任何法源與案例，我愛莫能助。請您放過我吧。台北高明的律師太多了，您可以請任何一位。最後，我必須跟您說明，從此刻起，我再也不當律師了。我已經辭職，而且對『律師』這個行業永遠辭職。」

老人落下縱橫熱淚，怒吼：「你們這一代中毒太深了！」

中毒太深？榮耀對她才真的太奢侈，她根本負擔不起。

「唉。」

「阿呀，妳終於發出聲響了。」阿Z雀躍的聲音將她拉離大正時代老人的撩亂記憶。

儘管她實在不記得，但阿Z發誓她是在愚人節前夕的春暖季節對他嘆氣的。那重要嗎？

「太重要了。妳同時給我維納斯和冷酷殺手的記憶。」阿Z總是胡言亂語。他跟她，不同世代的。

「要怎樣你才願意走開？」她依循愚人節前夕春暖季節的記憶，第一句話應該是這樣問阿Z的——因為後來她總是習慣性提起這個問句。

「無論如何我都不走。」阿Z也總是習慣性回答這個問句。

不過，那個愚人節她倒是記得。一束玫瑰花黏著一張粉紫詩箋：

在所有人事已非的景色裡，我最喜歡妳。因為妳是這個城市最美麗的風景，妳陣陣的芳香，向我的面龐升騰，不管我在何方，都隱約感知妳所在的位置；妳是每一件事物，同時又是無數事物。妳是上帝對我展示的美妙音樂、宇宙天穹，和隱密而深沉的玫瑰——You are my unending rose. Z

阿Z就站在圖書館前，捧著玫瑰花束，昭告她也昭告世人，對她燦爛地笑。那時她在想些什麼？愛不會因為死亡而結束，記憶會繼續接著下去？她總覺得忽然好多情節都浮現了出來，一點一點地……比如父親給她的各式各樣京都風景圖片，充滿松林、杉林、楓林的京都。比如繁茂花壇中，金色陽光閃爍，她斜坐在二哥的眠床上，聽著他和馮疆聊著台北讀書的生活種種；什麼「田園咖啡館」啦，什麼「蕭士塔高維契」啦，馮疆還特別拼出英文字母：「SHOSTAKOVITCH，那是我這一生的鄉愁。」比如她帶著櫻櫻骨灰來到京都，從清水坂的店舖爬著石階，穿過清水寺的正殿，駐足在面對懸崖、依山而建的一九〇平方公尺高臺上。

比如她依稀記得的愚人節之夜，阿Z用他青春健美的身體貼著她時，她默不出聲地對那束鮮紅玫瑰說：我只是玫瑰的模糊的具體化身，他不是愛我，是愛玫瑰而已。阿Z的汗淌在她身上時，她想著古老波斯神秘主義詩人阿塔爾的鬼魂也許瞅著一朵玫瑰。那個無聲的肉體之夜，阿Z再次將汗水滴淌在她身上時，她回憶著故鄉老厝敗落的花園裡，空氣中有玫瑰的濕潤輕靈。阿Z再再次淌汗時，她想他並不知道時間會使她和他都衰老。黎明時分的第四次游擊戰時，她看到他的膚色像陽光那麼潔白，她自己金燦燦，如勝利的劍那麼橙黃堅實。那時候，她預見到道路不只一條，自己卻墜落唯一一條最不能選擇的道路。

呵，深沉而愚蠢的玫瑰。

3．記憶的風景

正瑤依稀想起來那是個七夕，她對著巴掌大的小圓鏡梳瀏海。鏡中的她雙眉斜挑，腴小的紅唇略張，彷彿在幸福地微笑。小圓鏡背面嵌著李香蘭演「沙鴦之鐘」的劇照，美麗的山地少女粧扮，不過那塗了朱砂紅的嘴唇已經褪成赭黑，加墨的濃眉稀淡了。

這是酷愛看電影的母親真華給她的，還有一盒胭脂水粉，一塊祖母綠的蝙蝠狀玉珮，做為她十六歲的慶禮。

據二哥說，母親看過「沙鴦之鐘」後，就把頭髮梳成李香蘭的模樣，走在街上，好多人都誤以為她就是李香蘭，紛紛來跟她要簽名呢！母親是抱著二哥正焱去看的；母親說，二哥坐在「赤崁」戲院，非常安靜地從頭睡到尾。

十歲多，二哥和馮疆哥哥來家裡住的那個暑假，她才看了生平有印象的第一部電影「不了情」。可是，她其實也不太確定，好像還有部美國片是哪一年春天母親帶她去看的，電影情節早就模糊不清了，只依稀記得那男主角長得很像馮疆哥哥——倒是「不了情」的女主角林黛是自殺的，她印象深刻得很，母親當時一直對她叨唸著：男人都是負心的……。

那個七夕，玉書堂兄要請她去「世界」戲院看電影慶賀十六歲。

印象裡那天一早，處處人影蹁躚，連榕樹梢的紅尾伯勞也忙碌得很；庭院有一長列的香案，擺著七味碗、胭脂水粉、鏡子、羅扇，迥異於以往的各式祭醴。她拜過天地及祖先後，便跟著母親前往中山路巷弄內的開隆宮；照府城慣例，她必須在七娘媽殿上，鑽過供桌底下，再鑽過七星亭，才算正式『出婆姐』。母親把她戴了多年的絭牌脫掉，說：「七娘媽已經完成護顧妳的責任了，以後凡事靠自己，知道吧。」

印象裡那天中午，庭院擺了十桌筵席，林家各房親族來的人稀稀落落，每桌都坐不滿，最後母親乾脆請左鄰右舍、長工，管家與管家的姊妹淘來湊數。堂兄玉書與他父母親炳城堂叔堂嬸，和她與父母親坐同桌；父親猛灌酒，直拉著炳城堂叔乾杯，笑得嘴巴咧海海，一直說：「吾家有女初長成哈！」

「是呀，一幌眼正瑤都十六歲了。」炳城堂叔回答。那時母親舉著酒杯要敬酒，眼眶掠過一抹烏雲，輕聲嘆了口氣，又把酒杯放下來。

「正瑤，『世界』戲院在放映一部很棒的電影，」玉書堂兄忽然靠向她耳畔，悄聲說：「我請妳去看，下午五點有一場，我們約在門口見，算是我為妳『做十六歲』囉。」

「什麼電影？」她好奇。

「保證好看的，妳相信我吧。」玉書堂兄卻賣關子。

印象裡那天下午，她把及耳的密實頭髮梳整妥貼，打開有蘭花香的水粉，拿了粉撲撲臉。她的膚色白皙泛著微紅，身材高佻修長，看起來簡直是美人母親的複製版，但她十六歲的軀體內一顆少女鮮跳的心，絕不像母親終日將自己罩在濃霧裡。她已經要升上高二了，自從母親堅持把她送入中山女子國中就讀，再考上府城最好的女子高中，整整四年，她幾乎沒有跟任何男生相處過；尤其是二哥正焱去當兵，卻莫名其妙地一直「留在軍中」——「他還留在軍中……」這是母親對她一再提問的含糊回答，連帶的，那個她國小就崇拜愛慕的馮疆哥哥，也「一直留在軍中」。他們二人的影像，經常閃爍在她的夢境裡，他們手牽手對她笑著，可是，她總覺得不對勁，說不上來的強烈不安感覺，總是讓她冷汗涔涔驚醒——他們的微笑為什麼那麼淒苦？

但是，在七夕那一天，朗朗晴麗的夏日微風彷彿對她微笑著，她決定不去想二哥和馮疆，不去碰觸那塊不安的心靈版圖。那天，她，林正瑤，是個美麗快樂的公主，剛過完府城特有的成年禮『做十六歲』，有個大她半歲、英俊瀟灑的白馬王子玉書堂兄，要請她去看電影。玉書個頭竄得比她足足多出十五公分來，接近一八〇，一對濃眉底下是修長的單眼皮，體型修長，皮膚因為練習羽球而黝黑發亮；這個堂兄還代表過府城參加全國高中羽球賽，拿了亞軍。她跟母親去他家拜年時，曾經看到滿客廳的各式羽球比賽獎盃、獎盤、獎座，各種新聞剪報，玉書比賽的瞬間殺球英姿，玉書高舉獎盃的爽朗笑容，玉書拿著羽球拍準備開球等。

印象裡那天下午，當客廳的英國大壁鐘噹了一聲，她慌得一盒水粉差點翻落青花磁磚上。四點三十分，她吁了長長一口氣，站起來，拍拍最心愛的白底小藍點連身洋裝，整整小圓領，再對鏡慎重照看一番，拿起今天炳城堂叔堂嬸送她的粉紅籐編提包，小心翼翼跨出尺高的門檻，往天井的大榕樹直走。這棟三進落的百年老厝，黝濬曲深，幽幽泛著霉舊的古味。印象裡她好像成了林家大房三進落唯一的孩子，總是孤寂一人在各個廂房和廳堂間幌來盪去。印象裡偌大的老厝總是飄蕩著母親的嘆息聲，唉……唉……唉。

印象裡，她那時正往「世界」戲院前行，期待和玉書看電影。林家大房座落在府城最熱鬧的地段，一出門走沒幾步就是戲院林立的中正路，看電影非常方便的。她走出國華街，來到中正路上，對面的「世界」戲院掛著一面大看板，三分之二幅畫著一位正要拔劍的日本浪人，剩餘的三分之一畫的是大眼金髮的外國女人和穿西裝的黑髮男人對看著。玉書早就站在那對男女畫像的底下，雙手斜插在白牛仔褲袋，正仰頭看著畫中的金髮女人，咧嘴微笑著，一派悠閒。

印象裡她急急穿過腳踏車、汽車騎來駛去的中正路，低聲喚著：「玉書。」「嘿，妳來早了。」玉書低頭看著略微喘氣的她，說：「反正沒差，我們先進去坐下吧。」玉書一轉身便往入口處去剪票。原來他早買好票在等她嗎？她在入口處怔愣了一下，玉書已沒入黑暗中。她慌慌穿過人群，像小媳婦般躡腳跟進。漆黑啪地橫掃過來，她頓時失去視線焦點，一個踉蹌便往前衝。

「正瑤！」一隻強壯的臂膀忽地攔抱住她的腰肢，「小心撞到椅座。」玉書低聲說，一陣熱氣直往她的頸背噴著。

呵呵，她全身軟綿綿起來，玉書那男性的、摻混了微微汗味的氣息，使她暈眩。她任由他拉著，在黑闐闐的椅座間轉來繞去。

銀幕由前方飄灑過來的亮光，像一層美妙的紗霧，網住她的每一寸肌膚。「就這裡了，坐下吧。」玉書放開她，若無其事說著，一面讓出右方的空位。她適應黑魆魆的狀態，坐了下來，開始認真瞄銀幕。好多人殺作一團，喊聲似雷，幾乎所有的人都被殺了，棺材老板埋怨著死人太多，供不應求，而那位像英雄般的浪人，拿到一大筆錢財，滿足地說：「現在這個城郡可以安靜下來啦。」便踏著大步離開那座死城了。

四周忽然燈火全亮，紅布幕緩緩從戲台上頂降了下來，許多觀眾站起身，紛紛往出口處移動。「啊。」她喟歎了一聲，還沒看清怎麼回事，電影就演完了嗎？她不由自主地站起來，要移動腳步。

「嘿，我們的電影還沒看呢，妳就要走了嗎？」

「我們的電影還沒看呢，妳就要走了嗎？」阿Z的聲音飄飛過另一個十六年，他背後是一個巨大尺度空間的玻璃光盒子，跑馬燈閃爍著各種電影片名；陽光折射在玻璃上，再斜映到他身上，產生一種明亮空靈的怪誕感。

「？」她彷佛穿過一條華麗詭譎的時光隧道，通過這線性元素，驀地置身在另一個世紀之初的台北，入眼的是玻璃盒子的紅黑相間欄杆。

「妳剛剛不是說，不要看今年抱走影帝影后的黑人主演的電影，我擠進隊伍排隊去買票，好不容易才買到『艾蜜莉的異想世界』，怎麼妳啊了一聲掉頭就走了？」

一定是欄杆，她想，就是這些垂直元素的欄杆打斷了她記憶的風景。

「到底要不要看『艾蜜莉的異想世界』呢？」阿Z拍拍後腦勺，油亮烏黑的頭髮被春風吹得雜亂堆疊。

她現在坐在寬敞舒適的絨布椅上，銀幕播映行政院衛生署的禁菸宣導短片，記憶不由自主接續想下去……印象裡那時到底看了什麼電影呢？她只記得整個戲院的觀眾幾乎走光了，「那更好，專門放映給我們看哩。」玉書噗嗤笑了開來，邊笑邊從牛仔褲袋內掏出一方淺藍大手帕，遞給她，同時伸手拉她坐下來，靠近她的鬢髮處，輕柔地說：「把臉擦一下吧，正瑤，妳的水粉實在抹得太多了。」然後呢？玉書彷彿拿手帕輕擦她的臉，仔仔細細地，好像她是一尊寶玉觀音。那微汗的男性氣息噓在她的眼鼻之間，教她全身起了一陣又一陣痙攣似的快樂感覺，絞著洋裝篷裙的手指都淌出了汗珠。他拂拭她面頰的手顫抖著，噓在她唇間的氣息又熱又濃，同時她聽到一陣沉厚的心跳聲，怯怯和著她顫蹦不已的心臟律動……眼前一道奇異的七彩春光，像煙火般爆開了她的整個世界。

「嘿，電影開演了。」阿Z的聲音再度回來，咻地襲入她紊亂的記憶裡。

4．風雨藍樹

穿過了那道高大的巨門之後，嘩然的水聲便在耳中落下。在河面的橋，擦身而過的微笑，紛紛對她綻放。她回到了那棟闃黯幽紅的老厝，回到了厭倦自我的自我，彷如穿著一套千瘡百孔的破舊衣裙，即使乾淨俐落的水，也無法滌洗老舊的、糾纏不休的氣味。

「當第一顆子彈射入無辜者的心臟，人類苦難的街道便湧出恨和血，我那詩歌青春便如幽靈般，頓然停步了。」二哥正焱的氣味是如此孤冷，漂盪在蒼茫的記憶上空。

那時，她正在閱讀伊比鳩魯（Epicure）關於至福的生命解說：不受苦的人就會感受到快樂。二哥正焱那深層憂鬱的話語，讓她覺得人被拋擲在這個悲慘世界裡，毫無出口。儘管伊比鳩魯一再入侵她的思維，諸如人所發現的唯一明確價值就是享樂，或者更進一步（還是退一步）地闡釋：不論多麼微不足道，喝一口清涼的水，看一眼天空，一次輕輕的撫觸，這種快樂是人人都可以感受到的。

是啊，一次輕輕的撫觸，二哥沿著記憶邊緣撫觸著她的面頰，「二十世紀八〇年代世界被AIDS侵襲，而我們——被政治人物侵襲。那些政治人物像舞者，渴望權力，對全世界下戰帖說：『誰比他更勇敢展露自己？』他們佔據所有舞台，荒謬吶喊著愛台灣，卻不愛我們。」

二哥大她九歲，卻感覺彷如老她九個世紀，他到底經歷了什麼，她根本無從了解。她記憶的二哥，跟後來讀到拉丁美洲革命之父切・蓋瓦拉的傳記，旋樂二重奏般重疊緊密；於是記憶自行繁衍，二哥便成了她對切・蓋瓦拉的模糊投射。不知為什麼，二哥的話語深深爬梳她的靈魂皺摺；「生命與時間永遠在競逐，那是一種創造與毀壞的持續對決。時間挾帶著所向披靡的破壞力量，可以稀釋記憶，淡化感情，磨滅理想，進而瓦解意志。千萬別輕忽時間那銳不可擋的力量，它沖刷、掏洗，任誰都無法抵禦。在蕩蕩激流的時間中，生命是多麼微不足道，也許是風中一葉，也許是滄海一粟，最後都要遭到淹沒。」

直到大三，她在圖書館無意中翻到艾略特的詩集，對時間才終於有點恍然大悟的感覺。那是一首叫《焚燬的諾墩》的詩，辯證著時間：「現在時間與過去時間／兩者或許都在未來時間／而未來時間包容於過去時間／如果所有時間永遠存在／所有時間即無可贖回」她其實也還只是似懂非懂。只是她生命裡的二哥，轉動了知識之鑰，讓她過於早慧，結果讓她感染了他孤冷的氣味，生命天枰一直無可奈何地向悲觀傾斜過去。她試著回想這個謎樣的二哥，最後一次看到的他是什麼樣子？依稀的影像是，冷酷的時間侵襲他的身軀，使他看來憔悴蒼老。

「在那歌頌與詛咒的時刻，我曾經燃燒著烈火，追隨馮疆，就像一盆怒放的紅花，熱烈擁抱著馮疆的所有信念，甚至請他造訪我們老厝，來探看我們美麗的母親。妳還記得嗎？那個夏天，妳十歲多吧，我們去看了齣電影『不了情』。那時候，我相信，對於肉體的生命而言，及時且即時的實踐，遠勝於對過去的悲嘆，或對未來的憧憬。當下要實踐信念。現在，我什麼都不相信了。」她最後一次看到的他，應該是說了這些話的。

或許存在了的或已經存在的
都指向一個結局，那是永遠存在的

如果生命還有可為，還有抵抗斷裂的方式，那到底是什麼？正瑤剝開膠囊狀的眠天堂，用牛奶摻混吞食下去。現在，她必須要依靠藥物才能睡眠，而且要喃喃自語，在睡眠之前。這一個夜晚，她的喃喃是：時間看不見，卻有各種形式，直線的，曲折的，反覆的，旋狀的，循環的；時間有速度，或奔馳，或遲延，或靜止；時間也有強弱感覺，愉悅的，開朗的，凌遲的，囚禁的……她的生命依附在時間裡，然而，時間並不等於她的生命。

在那個奇異的時間點，她既是現在的她漂浮在空中，也是三或四歲的她一臉無助地站在老厝闃黯的廳堂中，二哥詭譎地似乎有十七歲或十八歲的青春模樣。他拉著她的手，對母親喊著：「這廳堂裡鬼魅太多了。媽，妳都被附魔了，還有正瑤，趕快跟我走。」她看見童稚的自己臉色開始發青，二哥先是拉著她跑，但她屢屢摔跤，跟不上他的腳步；他抱起她，繼續跑，似乎陷在一座複疊迷宮般的古堡，繞來繞去，總是看到那座英國大壁鐘，清澈的、金屬的噹噹聲響不停。

「不行，不能讓時間俯身靠向妳，正瑤，趕快含住妳脖子的十字架。」二哥邊跑邊拉出她粉紅洋裝蕾絲領裡的藍色十字架，要她用嘴緊緊含住。她感覺到他的戰慄，他奔跑的風動，抱緊她的力量。「妳有看到那棵藍樹嗎？那個驅魔者就住在藍樹旁。」他一直問她，她一直搖頭，搖到十字架斷裂了。那一瞬間，藍樹出現了，一道六呎高的紅磚牆擋住他們。「妳坐好。」二哥把她放在牆頭，他翻身越過六呎紅磚牆，再把她抱下來。「妳先跑，往那棵藍樹方向跑。」他說：「鬼魅不斷追來，我在這裡先擋一擋，立刻趕上妳。快，妳做得到，妳非常勇敢。」她邁開腳步，往那棵彷彿燃燒藍火燄的樹跑去，風雨驟然而降。

「她已經被附身，恐怕我能力有限。」驅魔者說，他留著一把灰白長鬍鬚，蠟黃的臉皺紋縱橫。「我願意付出所有代價，請您盡一切可能救救她。」二哥說。「即使拿靈魂來交換？」「都可以。」驅魔者的灰白鬍鬚飄揚，把手中的白臘大十字架點燃起來，說：「在聖經記載裡，何烈山有一火樹，焚而不燬，這才是正信的力量，主啊，現在這個女孩的肉體靈魂都仰望祢帶領，請祢用烈火驅走那些附在她身的鬼魅……」她看到燃燒的十字架，自己的面容忽地青紫，忽地橙紅，忽地從額頭長出兩隻角，忽地吐出墨綠穢物，忽地她變成十六歲模樣，只是哪裡不對？「不對，她十六歲比較高、比較瘦，膚色白皙，這不是她。」二哥叫著。她看見自己變來變去，驅魔者禱告的聲音蓋過驟降的風雨聲。白臘大十字架已經完全燒融，臘油滴淌滿地，她終於變回純真無邪的嬰兒模樣，再變到三歲或四歲穿著蕾絲領粉紅洋裝的模樣。「鬼魅驅離了。」驅魔者氣喘吁吁說：「她可以回去，但你要留下來。」二哥哀求說：「至少讓我帶她回去，她太小，找不到回家的路。我會回來，您知道我是信守承諾的人。」驅魔者在二哥心口貼上一片藍色樹葉，說：「千萬不能取下來，這藍葉讓我知道你在哪裡，也保護你們回去路上抵擋鬼魅入侵。」驅魔者為她套上一條黑繩繫著十字架，十字架鑲著土耳其藍的寶石。「絕對不可拿下來，小姑娘。」

他們回到老厝時，廳堂平躺著面無血色的母親。二哥驚喊：「媽，妳為什麼沒有逃出去？啊，我只能救妳們其中一個，妳不知道嗎？媽！」他猛捶著心口，藍色樹葉落下了，風雨驟然而至……

「妳怎麼老是做噩夢？」是阿Z的聲音；「什麼十字架？我從來沒看過妳戴十字架，妳什麼時候變成基督徒了？」

她在曙色微曦中搖著頭。

阿Z拿著大浴巾幫她擦一身的冷汗，喃喃說：「我從來不知道妳有十字架，如果妳是基督徒，為什麼從來不上教堂？」

「你確定沒有看見嗎？」

「十字架？沒有。」

「我是說，那棵藍樹，在風雨中掀動得非常厲害，像藍色大火一般的樹。」

「沒有。」

「所以你也沒有看見我二哥，我死去的母親嗎？」

「妳媽死了？」

「沒有。」正瑤甩開他的大浴巾，赤身裸體走向客廳那個浮映著一棵棵樹型的義大利進口藍沙發，坐下來，發怔。

「妳媽死了？」阿Z趕過來，換了另一條藍色大浴巾，圍住她。

「沒有。我只是做了個噩夢。」

第五章　紅天空的風勢

1．二十四小時的愛情

五千八百個夜晚變成五千八百堵高牆，正瑤被山川大地充滿歡樂歌聲呼喚，那是一種她從未聽過的消逝的聲音。

十六歲，她跟玉書堂哥去看電影，那兩座光滑、流著汗珠的山，閃過她的腦版……她不自覺啊了一聲，就像現在，再一次看十六年前看的電影。玉書堂哥說：妳好香，妳全身散發著少女的幽香呢。

「電影要開演啦。」玉書說。

她一面看銀幕晃動的影像，一面四處偷瞄，發現整個戲院內竟然只有她和玉書兩個人。

她小聲問著：「我們看的電影叫什麼片名？」

「二十四小時的愛情。」玉書一雙眼開始盯緊銀幕，根本沒有轉頭看她就很快地說出片名。

那是什麼片呢？她張了張嘴，發不出聲音來。因為玉書似乎非常專心在研究銀幕上亮的一連串她看不懂的東西——又像豆芽菜又像蕃薯籐，不是她認得的「國字」——啊，竟然是英文！

她應該聽見的對白是英語吧？卻又不像。

她側頭瞄著玉書，只見他雙眸映著光影，嘴唇開開闔闔，喃喃唸著什麼，顯然完全顧不到她了。

她悒悒地閉緊嘴唇，關住滿腹疑問。

銀幕上出現的影像很詭奇，似乎是山；她睜大眼睛很努力地看；兩座山嗎？非常光滑呢！再一眨眼，流著汗珠了。

山會流汗嗎？

她搖搖頭，再眨眨眼，想看清畫面到底是什麼的時候，又有聲音響起了，是她完全沒聽過的話語！

「我在廣島出生，」黑髮東方男人的聲音說著，「妳對它一無所知。」

「我知道它所有的一切。」金髮外國女人的聲音。

正瑤努力讀著英文字幕——還好她的英文聽讀能力都不錯。

銀幕上忽然沒有了男人女人，只有一連串的樓梯、建築物、照片，一顆巨大的炸彈，一些小孩趴在模型上指指點點……

她滿頭雲霧，這是什麼電影呢？男女主角跑到哪裡去了？

突然眼前變成恐怖的世界，她驚愕地看著一個個被損壞的、破碎的人體，大把大把的頭髮掉落，腐爛的屍骸，大火熊熊燃燒，無聲呼救的人群在水中推擠著；扭曲的手指，變形的臉，沒有下巴的嘴洞。

啊啊，她慌忙用力摀住失聲尖叫的嘴。

畫面又變回一開始的模糊狀態，山在移動——她揉揉眼，變成一隻修長的手，放在平坦厚實的背肌上。

「妳根本一無所知。」男人的聲音又出現了。

她一邊要忙著讀字幕，一邊想看懂畫面，沁了一頭汗。

「我知道，我對它早就認識了。」女人說。

「不，妳不知道，妳根本一無所知。」男人說。

銀幕一對男女裸身擁抱著，不斷傳出男女喘息的聲音。她俯著頭聽著，依然覺得心臟擂得像田野上的風雷，滾滾轟轟；太陽穴依然直跳，啊，那銀幕的黑髮男人，呼吸依然沉重，全身壓在金髮女人上面，吻住她的脖頸。只是，十六年，五千八百個日夜消逝，她的心魂不再飛盪，即便身旁的男人呼息向她噴射雄性野獸的氣味。

只有記憶，痛得心口咻咻吸氣；那是一股更猛烈的力量，推動她看見過去，看見玉書把她的手掌箍握得多麼緊，看見他鼻翼翕張，唏咻唏咻噴著氣，捏握她手掌的手，微微哆嗦著。她的一顆心曾經蹦上雲端，因為他是真的喜歡她；她體嚐過那種青澀又甜蜜的滋味，曾經漲滿了整個銀幕。

字幕跳來閃去，她的精神無法集中，雙眼發著燙。她下意識晃晃腦袋，希望看清楚一點，呵，那些飄閃的影像和跳動的英文字幕，一如記憶。

「廣島，那是你的名字。」女人說完，幕落了。

「怎麼啦？」玉書，不，阿Z偏頭看她。

她的手掌真的被握住了。她抽了抽，被阿Z挾得更緊了。

「走吧。」她拍拍牛仔褲，站起來，一如十六年前的玉書；「這『廣島之戀』在日本翻譯成『二十四小時的愛情』，我知道你看不懂。當年我也沒看懂。」

「那妳現在看懂了嗎？」阿Z也站起來，俯身看她。

「老實說，沒頭沒尾，不懂。」

「那為什麼會對世界電影產生革命性的影響呢？這些藝術電影，記得我們看過的『斷了氣』嗎？我一直以為妳喜歡看藝術電影。」

「我『一直以為』看藝術電影是打發無聊的。」

「早知道還不如玩PS Game，『惡靈古堡』我快要全破了。」

「還說呢，都是因為你打『惡靈古堡』害我做噩夢。」

2．迷路的美人魚

兩人沿著中正路往西行。

南台灣的夏日夕照把她和玉書的身形在背後拖成兩道交疊的儷影。運河上方正流動著絳紫雲霞，炫麗得正瑤只能瞇著眼前行，呼息著運河飄來的特有鹹味海風，讓她覺得整個世界都在對她微笑。她才不在乎「二十四小時的愛情」在演什麼呢，重要的是，玉書陪在她身畔，走著走著，他不時碰著她光滑白細的膀子——玉書在暗示什麼嗎？她的腦海浮現了那兩座光滑、流著汗珠的山，他為什麼要挑這種電影請她看呢？

路燈一盞盞亮起來了。河水就在他們眼前起落漂動著，泊在天鵝絨般絳紫河面上的漁船，也亮起了盞盞燈花，閃爍在玉書的眼裡。正瑤停下腳步，抬頭看他，那雙眸子隱藏著神秘的愛慕，夜色幽幽從他的眸子反射出來，照著她。她與他，彷彿在這河邊走了一世一生。她甚至看見了一棟寧謐的白色木屋，電唱機悠悠奏出布拉姆斯華麗又哀愁的交響曲，玉書坐在窗櫺下的矮桌几，讀書寫作；她輕輕緩緩地走過來，端著熱茶，兩人脈脈含笑對視。美麗的杜鵑花在庭園中招展。唉。他們同時歎息著。

一鉤上弦月掛在玉書身後，柔美而絳紫的月色迷人極了，玉書看起來迷人極了。她真希望就融化在他的微笑裡，讓他牽著她的手，永遠走在幸福的運河邊。

如今記憶總是隨意上演這些情節，在運河畔漫步，然後呢？

「告訴妳一個秘密，噢，也許應該說是驚喜吧，我打過電話給大伯母，說晚上請妳看電影和吃飯，為妳做十六歲。」

「她怎麼說？」她好奇問，這對她和母親來說，可是有史以來第一遭。

「她沒說什麼，只是嗯嗯了兩聲。」

「我還是回家吃晚飯吧。不然，母親會好幾個禮拜對我視若無睹，彷彿我是空氣；噢，甚至不是空氣，我是不存在的東西。」她苦惱起來，這個美人母親對她，真是生命無法承受的哀愁。

「經常這樣嗎？」玉書好奇起來。

「自從我二哥幾年前去『當兵』後，母親就變了個人，她可以一整個禮拜不說一句話的。」她已經轉身，準備要離開運河邊，回到那棟她最不願意待的林家三進落老厝。

「妳幹嘛呀？」玉書拉住她，力量奇大；她一個踉蹌，跌進玉書懷裡。

「回家吃飯啊。」

玉書忽然緊緊抱住她，讓她動彈不得，逃無可逃。然後他低下頭來，在她的耳朵邊吁著熱氣，喃喃說：「我話都還沒講完呢！妳母親她呀，說了聲：『好。』」

「然後呢？」正瑤被他抱得透不過氣來。

「就這樣了，沒有然後啊。」

「真……的？」她幾乎無法相信，玉書把她緊緊攬抱著，他的頭居然還埋進她的肩窩。

「妳好香，妳全身散發著馨嫩的少女幽香呢……」他喃喃著，忍不住用嘴唇輕輕滑過她的頸項，停駐在她發燙的臉頰上。

啊！他正在親吻她的臉頰、眼睛、眉毛、額頭，再順著高挺俊巧的鼻樑滑下來，觸到了她的櫻唇；他毫不猶豫便用力貼上她的唇，舌尖輕巧地頂著她緊合的牙齒。那兩座光滑、流著汗珠的山，閃過她的腦版——她不自覺啊了一聲，他的舌尖趁機滑進她微張的嘴，糾纏著她的舌頭，挑著、舔著、啣著，逗得她的舌頭不自覺地跟他的舌頭蹁躚起舞。她索性閉上眼睛，用手攀住玉書的頸項。

那是她的初吻。那時候她相信夏夜的運河海風可以做他們愛的見證，她還相信世界正在天旋地轉。記憶中，夜風吹著他們長長的儷影，吹著燈花璀璨的運河，吹著幸福滿溢而滴下淚珠的她……

「哦、正瑤──哦！正瑤。」他呢喃著。

她聽見他胸脯擂得霹靂啪啦響的心跳聲，感覺他吻了她一生一世。

「玉書……」她的舌頭被他糾纏住了，只能輕輕哼著聲。

「我受夠了。」他倏地放開她；「我是阿Z。」

南台灣清涼的運河夜風，瞬間化成了台北景美天空的飄飛星塵。

「妳中邪了。」阿Z嘆了口氣，又把她攬進懷裡。「正瑤，告訴我，妳到底是活在當下的人，還是活在過去的鬼魅？」

「我──不知道。」

「妳真像一尾迷路的美人魚，我該拿妳怎麼辦才好？」

她抬頭看著貼在面前這個年輕的男子，想說：我也不知道要拿自己怎麼辦？迷濛中，隨口說了句：「要上頂樓去看夜空嗎？」

她和阿Z都喜歡在景美這棟大廈的頂樓看夜空。新店溪嗚咽流過地表，對面的中永和模糊燈火閃爍，更遠的東南方文山山影黯隱。她總是望向東南方的幢幢重疊山影，阿Z卻總是看向西北方的火車站前三越高聳大樓那燈火輝煌。她即使與阿Z共同在頂樓吹著五月的夜風，也依然感覺自己的孤獨一發不能收拾。她與阿Z，兩人的靈魂有如兩顆遙遠的星球，寂冷，永無交集。

現在她說：「自從櫻櫻過世，台北的夜晚永遠是紅色天空。」

「嗯，這風勢，」阿Z說：「適合放風箏。」

她繼續失控地倒回黝黯的運河，河面浮著一彎魚鉤狀的黃月，氤氳蒸蒸漫著熱氣。

玉書胸前的汗被吸進了白棉襯衫，溼溜溜地，全貼在結實的肌膚上。玉書放開她，緊皺的眉心鬆開了，滿眼盡是春情與笑意。

她看著那勻稱有緻的肌肉，散發著男性的汗味，薰人欲醉啊。她渾身起了陣雞皮疙瘩。

「我送妳的十六歲禮物，」玉書大膽地一把將她抱住，貼近她的耳朵，悄聲說：「是我的初吻。」

還有約定。玉書跟她約定研究法律或政治。她當時竟然侃侃而談：「看看這個國家出了什麼問題？為什麼我二哥當兵會一去不回？還有，社會的公理和正義，只有透過法律的不斷辯證與修訂，才能得到彰顯。我的興趣是人在大環境的運作之下，要保有作為人的自由與尊嚴。」

「哇！好個社會的公理和正義，佩服佩服。」玉書對她做做鬼臉，「我就說嘛，妳跟別的女生不一樣，天生的辯論家。尤其當妳發表滔滔大論時，會發光呢。妳讓我想起濟慈的詩：『你必須屬於我，如果我想要，你就得死在刑架上。』妳真的天生就有這種魅力，獨特，讓任何人都無法抗拒。」

只是，經過五千八百個日夜，她自己被五千八百堵高牆層層困住；社會的公理和正義，她想，終究成為夢幻泡影，是她自己出了問題。

3．精靈市集

正瑤來到圖書館的歷史書區，每走過一步就上溯十年，她沒多少分鐘就走完台灣的歷史了。書架上的書有厚有薄，有新有舊，都蒙上一層灰，顯示很長一段時間根本無人觸碰過。她想，這些蒙上灰的過去似乎是無解的謎，前面的不斷被後面的重新改寫，那麼她自己的歷史呢？是否也來重新改寫，把出問題的部份抹除，夢幻重新召回。

諸如五千八百個日夜之前的那個七夕，她曾經感覺玉書擁抱著她彷彿已經過了今生今世。在時光所遺忘的過去中，她該如何重織凝凍的記憶？

玉書放開了她，輕聲細語問她：「餓了嗎？」

她點點頭。

他們默默從運河岸回頭往中正路走。

一擔菜粽攤熱氣渥渥、白煙騰騰，擺在中正路和國華街大菜市的交會巷口。「我們就吃這個吧。」玉書在菜粽攤前停下腳步。

幾輛腳踏車停靠在路燈底下。菜粽攤前的小椅凳蹲坐著羅漢腳、雜細擔夫等，呼嘖呼嘖嚼吃著。兩個胖胖歐巴桑正站著，等菜粽包好要帶走。

玉書擠過一個坐計程車呼嘯過來的姨太太模樣的女人，大叫著：「頭家，包三個菜粽。」過了一刻鐘，他提了三隻燙呼呼的菜粽，來到站在路燈邊的她面前，神秘地眨眨眼，說：「這一帶我常來，穿過大菜市，有座西來庵，廟埕又寬又清靜。也設有路燈，並不暗的，我們去那裡吃粽子，如何？」

然後，他們坐在西來庵廟前的石獅前。廟埕前不遠處站著一盞路燈，朦朦朧朧的光影游移過來。玉書小心翼翼拆開泛著荷香的粽葉，把它捲成碗狀，灑上粽攤頭家附送的花生粉、醬油膏和芫荽，遞給她。他自己則在腿上放了隻熱騰騰的粽子，手中就著拆開的那一個大口大口吞嚥著。

正瑤咬了一口，真是甜美哪！那些在滾水中煲得晶瑩爛熟的糯米，配上香氣四溢的花生粉，鹹中帶著甜潤的醬油膏，點綴著鮮嫩的芫荽，彷如一朵玉蓮娉娉婷婷在她的掌心中，讓她的眼、鼻、嘴，皆滋滋享受著。

「這個是等一下我們要一起吃的雙人粽喔。」玉書嘴中嚼著糯米花生，雙眼笑得燦爛，對她吹著糯米香氣，指著腿上那隻還冒著熱氣的粽子。

「雙人粽？什麼意思？」

「就是啊，妳咬一口，我咬一口，我們兩個一口接一口地吃這隻粽子，所以叫『雙人粽』嘛。」

「歪理！我吃一個就飽了。」她當時應該暈陶陶的，乘著幸福的風帆破浪前進吧。

「沒關係，我會等妳。」玉書語帶雙關，脈脈含情看著她，他的嘴圈起一個圓，吐著氣，在朦朧的光影中彷彿不停對她呢喃著：我愛妳……。

她想說，你稍早用電影對我表達情意，挑那麼曖昧的情節，好讓我意亂情迷，然後你接續電影情節，親吻了我，再來呢？你跟那個黑髮男人一樣，只要『二十四小時的愛情』？只要和我的美麗身體綣纏就好？

「唉，妳的表情好嚴肅喔。」

她搖搖頭，算了，假作真來真亦假，紅樓夢不是這樣寫嗎？他是真的對她好。她需要他在身邊的感覺，她恨死了孤獨，她其實害怕寂寞……她幽幽嘆了一口長長的氣，忽然明白了母親為什麼能讓林家大少爺的父親痛哭失聲，父親為什麼寧可去留連花街柳巷——她自己不正是母親的複製品嗎？原來，在愛情的世界裡，男人並不是表面看起來的那麼堅強；至少，在她複製母親的美色底下，男人將會前仆後繼的，一個個戰死在她的情愛世界裡。

「來吃這雙人粽吧。」玉書已經把腿上那隻粽子剝開，捲成碗狀，遞到她面前。

「只吃一口，」她笑得更加風情，「否則我立刻就走。」

「好，好，就一口。」玉書這時看來簡直像隻對她搖尾乞憐的哈巴狗，雖然他還是那麼英姿翩翩。

她彎出歷史書區時，聽到內心一聲幽微的歎息，驀然憶起了那個在她十歲忽然闖進生命裡的大男人：馮疆。她的歷史記憶被東一個撕裂，西一個阻隔，紛紛打斷了。

諸如八千個日夜之前的夏天，她十歲。

「噢！看看正瑤，我的美麗小公主啊！」他一把抱起她，不由分說就往她的臉頰親，

「看妳這粉嫩嫩的皮膚，真恨不得咬一口！」

「喂，她是我妹妹，可不是什麼鮮奶油草莓蛋糕啊。」二哥正焱過來搶她。

「鮮奶油草莓蛋糕怎麼能跟我的小公主比？她可是日本富士山最甜最蜜最多汁的水蜜桃呢！」

馮疆哥哥和二哥搶著抱她，最後決定一人一隻手拉著她，兩人同時使勁，讓她盪起鞦韆來。那時候她是多麼快樂啊！馮疆哥哥和正焱二哥總會繞著她轉圈圈，讓她感覺自己是世上最美麗的小公主，騎在歡樂的旋轉木馬上，世界多麼華麗璀璨呢。

可是，他們突然拋下她，兩人面紅耳赤爭辯著。

「×××仍然是個革命份子，他無法控制自己，我相信一直到最後一天，他都還會製造混亂。」二哥說。

「那是你不了解，其實他優雅的外表下，隱藏的是受到重創、無盡哀傷的心靈；所以，他要為民主站出來，人民要真正當家做主，不可能不付出代價。你卻誤以為他在製造混亂。」馮疆說。

「唉，他們將×××的想法灌輸到你的腦海中了。」

「他們？」

「那些黨外雜誌、書籍，一切東西。他們要讓你覺得自己正為民主奮戰，然後呢，等你失去利用價值，他們會把你一腳踢開，像破鞋扔了。」

「胡說。」

「恭喜，妳考上了博士班。」他們喧騰的聲浪漸漸沉下去，取代的是阿Z的明朗笑語，「我就知道妳在圖書館，剛貼出來的榜單，我一看到就趕快跑來了。咦，妳怎麼一臉愁雲慘霧？」

「有嗎？」她想起曾經在街頭遇見馮疆，某些天以前，跟她說：我現在站成一個橫跨的姿勢，誰是敵誰是友，都弄不清楚。那個唾棄革命思想的馮疆，像個被掏空的人。

「是啊，妳的表情好像有什麼東西被掏空了，我說不上來，一種不太像憂傷的憂傷。」

「你現在說話很無厘頭。」

「A feature time which time forget.」

「在時光所遺忘的未來？更無厘頭了。」正瑤邁大步走離歷史書區。

起先，他們還一起聽柯特比的「In a Persian Market」（波斯市場）。

「感覺好多香料在旋轉。」阿Z說。

「我覺得是精靈聚在波斯市集裡。」她說。

然後，她聽巴赫曼尼諾夫，阿Z聽西城男孩。她想抹除對唐駱的記憶，改聽布拉姆斯，阿Z就改聽伊凡塞斯。她放棄古典音樂，向爵士樂靠攏，聽John Coltrane；阿Z聽Christina Aguilera。她聽酷爵士的Chet Baker，阿Z聽開始竄紅的Norah Johns。

從聽覺到視覺。她讀律法論本時，阿Z打「古墓奇兵」電動；她改看巴爾札克Honore de Balzac《人間喜劇》，阿Z改玩「太空戰士Final Fantasy」１２３４５６７……，等到她讀奈波爾V.S.Naipaul《超越信仰》（Beyond Belief）時，阿Z則玩起「模擬市民」，而且進化到第二代了。

她嘆口氣說：「我現在經常夢見置身在精靈市集裡，他們向我兜售繽紛的樂符，飛舞的文字，奇詭的思想細絲。」

阿Z說：「我做夢會有多彩的畫面，也許我該給瑪麗女市民添購鋼管，讓她跳鋼管舞，增加愉悅指數，這遊戲就可以進展到結婚階段了。」

總之，他們就是兜不起來。

4．用數字和名字包裝世界

他們唯一兜起來的是都繼承了一塊地。

「我繼承了故鄉一塊農地，因為都市計畫，變成了馬路。」她說。

「我阿公有片竹林，我爸等著他過世，準備改建成休閒農場。」他說。

「妳／你未來要做什麼？」她和他同時問對方。

「我要我爸繼承的那塊準備建休閒農場的地，把我的部分換成現金，然後去美國；」他斬釘截鐵說；「我要住在一個有草坪有籃框的郊區房子。妳呢？跟我去美國住下來吧。」

「我可能會回去故鄉吧。」她很猶豫。

然後，兩人再一次用一貫處理這個無解問題的標準答案：「再說。」各自安慰自己；阿Z認為時間還多得很；她想終究會各奔前程。

她開始讀博士班時，阿Z延畢一年。

她甚至沒問因為要跟她在一起嗎。他卻說得理直氣壯：「我故意空四個學分沒修，現在流行『延畢』，一方面我可以準備研究所考試，或者看看能不能弄個不須當兵的証明。」

她越來越難對他說自己的感覺。比如她認為裸體時個人價值最受威脅，他認為裸體時正好展現最珍貴的自由；比如她認為貝多芬的命運交響曲非常澎湃，他認為那是一堆令人煩悶的音符。

她只好埋進律法的文字裡。十月的某一天，她從厚達七公分的書中抬起頭，讓脖頸逆時針一圈圈轉動著，說：「這世界快要沒有意義了，只剩下一堆數字和名字。」沒想到阿Z居然接上她的話：「這本來就是個用數字和名字包裝的世界。我讀了這幾年的國際貿易，都是數字，加上一些名字。」

她那扔進字紙簍的感覺似乎又被撿回來了。

「比如我要查成績，登錄系上電腦，只需要輸入七個數字的學號，再加上四個數字的密碼，然後由一堆數字決定我眼前及不久的未來。比如妳剛買的這台很會挑片的SONY

DVD錄放影機，花了一萬六千九百元，兩到三年後將會有二、三千元的DVD錄放影機上市，而且還可看拷貝影片。那麼，這台SONY錄放影機將被淘汰，一萬六千九百變成零，妳還必須接受。這就是今日世界，電腦科技或網路，把一切價值都變成數字。至於世界首富比爾・蓋茲，他從頭到尾就是很多個數字的組合；而我印象深刻的NBA喬丹大帝，等於二十三，他的球衣數字。」

「噢，那麼我對你而言，是什麼數字？」她突然好奇起來。

「妳是一個無可救藥的數字。」阿Z說，還對她眨眼睛。

「什麼數字會無可救藥？」

「12＋15＋22＋5。」

「54？」

「啊，不對，是四個數字：12、15、22、5。」

她感覺像在顛簸的火車上，任由身軀在數字上搖晃、擺盪著。

「比如我右手拿的這張CD-R有七百MB、八十分鐘，而左手這張DVD-R有四點七GB、一百二十分鐘，妳會覺得奇怪嗎？四點七GB等於四千七百MB，那是容量；CD-R可以錄八十分鐘的音樂，DVD-R可以錄一百二十分鐘的影片。這中間都是數字，卻不能用加法。」

「我真的不懂，關於你的數字邏輯。」她看到不捨晝夜向前奔馳的數字火車，沉沉的鐵軌彷彿傳來舊世紀的車輪嘎嘎聲。

「這四個數字：12、15、22、5；請妳用英文字母的排序來解謎吧。」阿Z高大的陰影襲罩過來，挾帶著一股可以將鐵血漢子的脊椎彎成問號波紋的強大力量；然後，他右手那張閃著玫瑰紫光的CD-R，在她眼前飄忽了一下。「我知道妳把電腦當成秘書處理機，這只是我用Power Point製作出來的心聲。請把它插入光碟槽，叫出裡面的檔案，很簡單的。我必須去上一下課，先走了。」

她現在看著這張閃著魅麗玫瑰紫的CD-R，納悶著：他到底用什麼膠水，竟能在上面貼張洋蔥紙印出的白馬圖——是三匹白馬在柳蔭溪畔飲水的彩繪。她把它插入光碟槽，叫出裡面的檔案，三匹白馬在柳蔭溪畔的畫面中飲水，水中飄出了玫瑰紫的、古印體的文字：

因為愛太深太沉
所以無法開口
請原諒我笨拙的詩句
我多麼希望
成為包圍妳的空氣
每一分子都是我心靈的顫動
成為附在妳肌膚上的露珠

每一滴都是我春情的流動
即使只是一絲妳視線的細微移動
青春小鳥就會飛至
即使只是一句妳無意識的細語
黑夜立刻就亮成朗朗麗日
即使只是一滴眼淚
愛也就凝固成永恆

我會太杞人憂天嗎
因我動彈不得
在太過於完美的與妳廝磨的日夜
在山影與雲影之間
在不捨晝夜的新店溪奔流中
我將直挺挺的破折號
彎成問號的波紋倒影
拋向過去與未來

用長竿垂釣答案
向天問著：
妳不斷作夢可是為了愛？
我來到這所大學可是為了遇見妳憂傷的眼神？

她瞪著電腦銀幕，模糊想起以前在律師事務所的歲月，除了出庭外，她總會在下午先行離開，辦公室裡的同仁不是浪費時間閒話家常，就是在舊的訴訟資料上塗鴉，反正沒人在處理案件（或者說，沒人關心委託人如何，反正只要訴訟費確實到手就好），她想細看訴訟資料都會被誤解、消遣。在那種情況下，理智的人會立刻明白，離開是唯一出口。

這種似曾相識的感覺又回來了。

她認真思考，包括一起看藝術電影諸如此類的事情，只是因為她不想一個人去面對自己的情愛記憶。

「無望的愛情怎麼樣都是絕望……」她終於想通自己無法真正墜入情網，在於她不能忘記自己過去的記憶，在於她必須要過紀律的孤獨生活才能平衡自己。那麼，她與阿Z充其量也不過維持著肉體歡愉而已。

還要迷失下去嗎？

5・告別的儀式

在混沌的記憶與模糊的慾望中，遠方傳來一陣陣優美的女人詠唱香頌的聲音，Les Feuilles Mortes——依稀記得英文翻譯成Autumn Leaves，梧桐葉飄落滿地，她的長腿跟隨香頌的引導，帶領她來到香榭大道，總是會不小心踩到狗屎的高跟鞋鞋跟，在她彎腰用面紙擦拭時，凱旋門總像海市蜃樓映入眼眸。

她不知道為什麼她的靈魂會對這條街道如此熟悉。她不知道為什麼自己像秋葉飄落在這條街道上。不過，她看到咖啡館內擁擠而溫暖，擺在館外朝向街道的咖啡桌，儘管冷風瑟瑟，依舊坐滿戴墨鏡發怔的男女。

她從一堆墨鏡前飄過，不斷看到自己穿著淺灰風衣的朦朧身影，彷彿從古老遙遠的年代走出來，灰藍肩包鼓鼓地似乎裝滿了披荊斬棘的工具，一副要去尋找非洲叢林深處的某種圖騰模樣。她那用藍綠絲巾綁起來的長髮，在秋風中跟音符糾纏不休：

Oh! Je voudrais tant que tu te souviennes

Des jours heureux où nous étions amis……

她像這首不斷反覆的香頌內容，踩過沙沙作響的落葉，來到了凱旋門。她駐足欣賞牆壁上的石雕，儘管壟罩著鉛灰霧氣，每一個線條的組合依然熟悉，就像正中央那盞永不熄滅的火，宣告著馬賽進行曲當年的悲壯。

然而，當她開始逆時針繞著那盞火漫步時，在她的對角線位置竟出現了一個三十來歲的東方女人，長髮披肩，用同樣的步伐、同樣的姿態在逆時針漫步。那另一個女人陷入冥思般，望向那盞火，長長的眼睫毛映著從灰霧穿透過來的陽光。恍惚中，她似乎聽見對角線那個女人輕輕低哼著：**Oh! Je voudrais tant que tu te souviennes……**

天！她驚駭地認出她們的相似之處。

她加快腳步趕上去對那個女人說：「小姐，妳從台灣來對嗎？」

「妳怎麼知道？」那個女人停下腳步，好奇看著她。

「妳是台北人還是台南人？」

靜默了片刻。那個女人回答說：「我住在台北，是台南人。」

「妳童年住在中正路與國華街交會的巷弄裡，一棟三進落的古厝，地籍名叫『電影里』？」

「沒錯。」

「那麼，」她顫抖起來，「妳就是林正瑤。我也是林正瑤。可能是妳夢見我，或者是我夢見妳。現在是二〇〇二年十一月，我們在凱旋門。」

「不對，」那個女人用跟她一模樣的聲音說，「現在是千禧年的十一月。奇怪的是妳跟我很相像，可是妳看起來很憂傷，額頭有隱約的皺紋。」

「我可以告訴妳一些陌生人不知道的事情，證明我就是未來的妳。」她說；「比如妳在十七歲生日時，跟玉書堂哥要去看貝托魯奇（Bertolucci）導演的『末代皇帝』，結果在赤嵌樓的古井蓋前討論一條不可能存在的秘道。」

那個女人臉色蒼白，喃喃說：「妳到底是誰？為什麼入侵我的夢境？」

「我是兩年後的妳，」為了讓那個女人和自己安心，她裝出一副根本不存在的樣子，繼續說：「二〇〇一年開始，妳會幫櫻櫻辦離婚官司，五月官司結束時，妳在法院門口遇見一位大正時代出生的老人要控告慰安婦集體說謊，八月時櫻櫻自殺了，妳辭職，去到京都的清水寺，然後——」

「不要再說了！」那個女人捂著耳朵大叫。

「妳沒有發瘋，妳只是一直在作夢。如今我們的夢境銜接起來，在凱旋門這盞火前面邂逅了。我現在很清醒地跟妳對話，妳不需要煩惱時間斷層的問題，只要知道一件事，我清醒了，妳也清醒了。」

她說完時，暮色漸濃，那個女人如霧般消翳了。離開凱旋門，她又往回走向香榭大道。一家人聲鼎沸的咖啡館呼喚著她，她遊魂般穿過一道有邊門的雕花小走廊，選了最裡面靠窗的小桌，坐了下來。

Expresso裝在精緻咖啡杯，由英挺的年輕法蘭西男孩端了過來。她面無表情，從肩包裡取出厚厚的杜思妥也夫斯基的《附魔者》時，一個掌心大的深藍物件掉落地磚上。噢，那是她的Motorola手機，跟電腦，跟夢境，同樣令她不解。她撿拾起來，翻開手機蓋，開啟電源，輸入密碼。

是的，她又會再一次看到十幾則簡訊。

——妳跑到哪裡去了？

——妳到底怎麼了？

——我愛妳有什麼不對嗎？

——至少回我一個消息好嗎？

她從咖啡杯升騰的白氣中望向窗外時，對街金黃色大大的「M」閃著麥當勞跨國的霸氣。如今，她最需要學習的是遺忘的能力，尤其是遺忘個人和時間的一切，遺忘過去給她記憶留下的一些名字，最好連帶遺忘精確的數字。

第六章　永和豆漿指南

1．秘道之戀

機艙窗外纍纍疊疊的白雲像電影底片的反白，映閃著古老的聖提安杜蒙教堂，遊客呼嘯喧嘩的萬神廟廣場，聖米榭大道廣場一家雅淨的咖啡館，輝煌璀璨了一個世紀多的鐵塔，與文學電影動畫緊密難分的聖母院……她在三萬五千呎的高空，飛翔在對流層頂最平靜的空氣帶，陽光讓她慢慢脫離對巴黎的記憶。此刻，她正向著東方太陽升起的島嶼飛行，數以千萬計的記憶細絲，由高空之下的地球升起，旋繞成一張綿綿密密的網，她被網在一場清晰卻褪了色的回憶圖畫中。

吹順微捲的長髮，抓幾綹瀏海做造型，兼掩蔽左額的抬頭紋；小圓鏡裡那對咖啡色瞳孔，風情燦亮；塗了櫻桃唇蜜的嘴，不自覺微笑著——這是她嗎？今年教育部宣布解除髮禁後，她便努力餵養頭髮，海帶海苔髮菜黑芝麻，菠菜芹菜花椰菜，小魚乾蜆蛤蚌，維生素B群，加「不老林」按摩頭皮。夢中長髮飄揚，在春水之央，總有個翩翩男子，捕捉髮絲串起長長的相思；儘管那人面目模糊，卻讓她輾轉反側，躁熱不已。

鏡背嵌著李香蘭扮演山地少女的劇照，「沙鴦之鐘」當年轟動府城的熱烈，依然在她手掌灼燒，雖然加墨的濃眉褪淡了。這是愛看電影的母親給她的『做十六歲』禮物；還有塊祖母緣的蝙蝠狀玉珮，用紅絲繩穿過珮洞，打上吉祥結，掛在她嫩白的頸項。

她剛過十七歲的生日。

凝望窗外，赤崁樓一如往常站在民族路上。一七八六年，中國皇帝一個心血來潮，打造這九座贔屭御碑，讓他們馱著二百多年巨大的泛黃時光。春日午後，路人牽狗散步，緩慢踩過紅磚道。麻雀吱喳不停，書桌上的歷史課本，隨春風翻飛，一漫悠就是千百年。而她，只為一個約定，體內鮮跳的心正撩亂呢……

「第一部正式進入中國紫禁城拍攝的電影喔。」玉書說得嘴角生波：「貝托魯奇（Bertolucci）導演的『末代皇帝』，妳一定要看。」

「為什麼？」朝思暮想就等這一刻，可是她才不讓他輕易就猜透心思呢。「我不能有不看的自由嗎？」

「妳不知道演溥儀的尊龍神韻有多迷人嗎？還有哦，板本龍一客串甘粕正彥（Masahiko Amakasu）這個滿洲國的警察頭子，可厲害的；妳不是很迷他做的音樂？我送妳的生日禮物，就是這電影原聲帶，當然少不了他的配樂。」玉書濃眉揚了揚，修長單眼皮斜睨著她，笑意春春：「照慣例，我請妳看電影過生日。」

「哪來的慣例？」去年玉書為她『做十六歲』，在世界戲院看了齣滿天霧水的電影——「我在廣島出生，妳對它一無所知。」黑髮東方男人說著。「我知道它所有的一切。」金髮外國女人的聲音。「赫，我可不看那種什麼『二十四小時愛情』之類的電影，再當一次白痴。」

「我的大小姐，這是好萊塢電影，智商六〇就足夠懂了。而且，他們有一套商業模式，每多少分鐘就來個高潮，讓觀眾的心七上八下的，電影雖沒什麼內涵，卻很好看。」

「什麼意思呀？好看沒內涵——你在指桑罵槐喔。」

「哪有？我實話實說啊，好萊塢電影確實好看，不然怎麼會賣座？而且這『末代皇帝』很絕，所有中國人都講英語。這樣吧，如果妳不滿意，我們就走人，如何？」

「最好是這樣，否則我這輩子都不要再看見你。」

然而，她現在眼瞳漂流著街景行人，就是不見玉書那碩長身影。等待，彷彿永無止盡。

遠方，安平海上懸掛的夕陽，像顆西紅柿。玉書從街尾走來，漸漸放大的身影，與笑容。

「電影七點開演。」他站在窗口不進門，身影掩翳在鳳凰樹的翠綠中。

「喔，」她差點整個人撲出窗口；「那你幹嘛現在就來？」

他趁勢在她額上親了一下，說：「國文課要做報告，寫府城有關的故事；我想去赤嵌樓看看。妳知道，荷蘭文的『Providendia』，是指『永恆』嗎？一六五〇年建好到現在，嗯，才過三三七年，就換了五個朝代，真是諷刺。」

「喂，你是來考試的嗎？幾年幾年的，歷史很煩人耶。要去赤嵌樓看夕照，就快走吧。」她直接翻跨八卦窗，跳到巷弄的紅磚道，才幾十步路，就看到那用糖水、糯米汁攪拌蚵殼灰，疊砌的紅磚城牆。夕陽從安平踅來，照著她穿牛仔褲的長腿，在地面拉出筆直優美的影子。

玉書三兩下追上她的腳步。迎面榕樹森森，綠霧紛飛的造景林園襯出那九座贔屭御碑，橙紫霞光投射在石碑上，「夕陽無限好」的詩句驀然從她腦海浮顯。

「妳知道這些贔屭，為什麼只有九隻嗎？」玉書從她頸項移向耳畔輕聲問，呼出微汗的男性氣息。

「九隻？『九』代表『久』，地久天長，就跟你說Providendia是永恆，同樣的意思吧。」這傢伙又來了，每次都要顧左右而言它。

「哈，原來無所不知的妳不知道，那我更要做這赤嵌樓的報告了。當初乾隆要表彰福康安，用滿漢文寫了五篇詩文，一滿文一漢文，五二得十，用金門花崗岩打造了十隻公贔屭；結果運來府城時，掉落一隻在海裡。主事者怕被處罰，偽造了一隻。絕的是：諸羅縣奏請說他們參與平定林爽文叛亂有功，要討一隻。於是這隻偽造的便被送往嘉義公園放置了。更絕的是：一九一〇年，落海的那隻被漁民撈獲，但公的卻變成母的，現在安置在保安宮，被尊為白靈聖母，傳說她凹槽的水治眼疾很靈耶。」

「公的變母的？」她揉了下眼睛，仔細看眼前九隻公的贔屭。這歷史太扯了，就跟吳鳳神話一樣——今年教科書把吳鳳故事刪除了，還有「原住民」這名詞出現了。所以，赤嵌樓不能再喊「番仔樓」；外婆不再是「熟番」而是「西拉雅平埔族」，是「原住民」和漢人結合的後代。「唉，真是有夠烏龍。」

「走吧，我們上去文昌閣。我要拜拜魁星爺，離聯考不到一百天了，拜託祂讓我金榜題名，上國立大學。」玉書拉著她爬石梯。

「有用嗎？」她看閣前圍欄的可愛石獅，穿過拱形彎光門，眼前的魁星爺，銅鈴眼蒜頭鼻海闊嘴，單腳站立鰲魚頭上，左手握墨斗，不見右手的硃筆。「嘿，你題名無望了，硃砂筆又被偷了。」

「沒關係，我來抱抱佛腳，有抱有保庇。」他邊說，還真去抱魁星爺向後踢星斗的那隻腳，模樣十足滑稽。

她不理他，逕自往北邊的書卷竹節窗走去，一面想著：這玉書到底怎麼啦？自從去年在運河邊初吻後，他變得曖昧極了，彷彿有一股熱騰騰的情意，然而，他卻再也沒有吻她，為什麼？將近一年來，他們每次見面，都只是若有似無的碰觸……

「跟妳說個秘密，喂，妳怎麼——」他什麼時候站在那口半月型的水井蓋前，隔著書卷竹節窗呼喚她：「魂魄丟失了？」

那口夾在前棟文昌閣和後棟海神廟之間的古井，相傳三百多年前有條秘道通向安平古堡。

「什麼秘密？」

「妳靠近一點，說秘密要耳語。」

「哼，那我不聽了。」

「妳會後悔一輩子哦，這古井有條秘道——」

「誰不知道？通向安平古堡。」她打斷他，那張臉龐卡在竹節窗鏤空處，要笑不笑地；「國姓爺攻打荷蘭人時，荷蘭軍逃——」唔咦，他的舌尖攪入她唇齒內，喚起天旋地轉的記憶，舌頭跟舌頭蹁躚起舞了；可是卡著竹節窗，他的身體在窗外。

「跟妳說哦，我這裡也有條秘道，」他拉她手掌去貼那撲跳的心口；「日日夜夜時時刻刻，我都在裡面逃亡，想逃離妳……」

「哼。」

「這秘道妳是用魔法築成的嗎？我整個人在裡面迷失了，想逃出去，根本不可能辦到！」

她抽回手掌，從竹節窗繞過彎光門，奔向怔立古井的男子。

他牽起她的手，往海神廟後側幽密處去；要穿出瓶形門時，他忽然將她推向瓶弧紅磚上，右手攬住她長長的髮絲，舌頭從她的耳根臉頰滑進嘴唇。

她耳膜迴響著霹靂擂動的心跳聲；「玉書……」她喘著氣；近處，歇山重簷頂如鳥翼欲飛的簷角，捲捲湧來的風聲蕭蕭。她輕哼：「你不是要做報告？」

「嗯，那不重要……」

不遠處，青石鋪成的街道，電影看板的圖騰有風華煙雲正在召喚。「我們……不是要看末代皇帝？」

「那不重要……」

更遠處，長長的秘道奔向安平的永恆濤聲；而他們雙影交錯在平（瓶）安之中。

「唔……你要考國立大學呢？」

「那不重要……」

他咂咂舌，面頰像紅關公，彷彿要吻住她的今生今世。

2．塗油的山丘稜線

做愛時，她看見那霧夢的山丘，一支支高聳的電線杆及更高聳的電塔，撕裂了山丘的美麗稜線。阿Z俯身為她全身塗油，嘆著氣呢喃：「妳的身軀像美麗的山丘稜線，行走其間，讓人視野寬闊，卻又充滿險惡。但不管如何，我永遠愛妳。」

她翻了個身，離開那張床。套上蘋果綠毛衣，黑絨長褲，披著那件在巴黎蒙馬特區巷弄裡一家印度小舖（**她隨手拿起米白披風的當時，從小舖一扇昏濛的玻璃花窗望出去，正好看見雪白的聖心堂**）所買的喀什米爾連帽披風，想著關於「白」這個顏色意涵，彷彿一切來到白茫茫的境地。在套上白色短筒馬靴的最後，她說：「黎明快來了，我們去永和喝豆漿。」

過了約莫三十分鐘後，她看著乳白冒氣的豆漿，無喜無憂無風無雨地提出：「我們該分開了。」她和阿Z已經過了共處歲月的臨界線，那段從華納威秀看到京華城喜滿客的電影歲月，那段黎明來臨相擁入睡前去永和喝豆漿的歲月。「請不要再說『永遠愛妳』，請不要再問『為什麼』，阿Z。」她很認真輕喚他的名字。

惟獨中正橋下的永和豆漿是如此甘醇，這芬芳是無法取代的。她在喝第二杯熱的甜豆漿時，對阿Z很慎重地一鞠躬，說：「謝謝你的愛，我畢竟不是你的天使。為了你的幸福，請忘記我吧。」

沒有天使翅膀的她，在霧氣蒸騰的河水中，佇立著。風吹過樹葉的沙沙聲，彷彿孩子們夏日的笑聲，從遙遠縹緲的幽麗世界傳響到耳膜來。她轉過身子，烏黑的眼眸看見一個肌膚如絲絹的神秘女子，正沉入河水深處；而她，呆立在沒有出口的黑森林中央。**啊，不能再任由情況惡化；她對自己說：連呼吸都變成想念回憶的細微分子，一定要阻斷這痛楚。**

精神科候診室的一排粉藍塑膠椅上，坐著垂頭的阿V。噢，阿V，曾經是她根本不敵的情敵，現在卻跟她成了病友嗎？「哈囉，阿V。」她展現風度，主動招呼他。

等待看診的號碼閃示時，阿V說：「離開唐駱後，我從此沒有睡眠，只是斷斷續續做些浮淺的夢。直到有一天的傍晚，我才剛看見紅豔豔的西天，忽然就墜入黑暗世界了。過了反覆折騰的好些個月後，我從療養院出來，精神科醫生發給我一張『重大傷病卡』。現在，我住回家裡，父親依舊不跟我講話，母親只會對我搖頭。我找了一份時薪六十五元的發送宣傳單工作，為了工作，於是，我變成每個月都要來候診。」阿V拿出他的重大傷病卡給她看，重大傷病病名「二九六」，有效日期「至永久」。

「什麼意思？」她不解：有「至永久」的重大傷病嗎？

「那就是直到死亡的意思。」阿V說。

拿到各人需要的膠囊，她和阿V兩個病友去熱鬧滾滾的永和豆漿店。阿V幽幽地說：「第一次帶我來這裡喝豆漿的，是唐駱。」

她驀地恍然，原來唐駱有這慣性——第一次來這家永和豆漿店，是他帶她來的，還熱絡介紹豆漿店的燒餅油條、鹹酥餅、飯糰等。

「我已經厭倦了自殺，每次都被搶救回來。」阿V突然對著冒白氣的豆漿掉下眼淚；「當年父親把我趕出來……離開唐駱，我愛上了綽號『小鐵』的年輕男孩，然而再一次地，『小鐵』把我趕出來。」

她也非常厭倦阿V的反覆悲劇愛情故事。「再喝杯豆漿吧。這世界畢竟無法容納天方夜譚的愛情，你好自為之。」

阿V說：「我前不久看到一篇作品，寫得很淒美。十九世紀的法國，青年艾爾維從戰場返回故鄉小村，遇見了美麗的艾萊奈，雙雙墜入情網，很快結婚了。不久後，來了個叫巴爾達比的人，在小村開辦絲廠，村民因此富裕起來。可是料想不到絲蠶得病了，為了挽救絲廠，巴爾達比請艾爾維去遙遠的日本，找尋新蠶卵。在妻子鼓勵中，艾爾維踏上了前往遙遠異國的旅程。他來到大雪覆蓋的小村落裡，遇見了十兵衛的年少妻子，她的肌膚像絲一樣。取到新蠶卵回國之後，艾爾維對那年少妻子念念不忘；所以他又想盡辦法去日本，反覆來去幾趟，最後一趟抵達日本時，整個村落已經被燒毀成一片荒野。他始終沒能找到日夜牽掛的那個少女。」

她開始努力壓抑不斷昇騰的厭煩情緒，只呼呼吹著剛端來的熱豆漿冒出的白氣。阿V身影話語已經如四散消翳的熱氣了。

「妳有看過『花樣年華』嗎？總有一天，我要去一趟吳哥窟，找個最斑駁風化的洞窟，傾訴我過往所有悔恨且熾烈的愛情。然後用遺忘，一種最保守最秘密最貧乏的方式，告別一切傷慟。」阿V兀自喃喃。

「祝福你清醒。」她放了一張千元鈔票在桌上，驀地站起來。

夜幕垂得極低，她直接走出豆漿店，招呼計程車，走了。

3．盛滿珠貝的藍綠玻璃瓶

「我周圍都是高聳閃亮的柏樹、翠綠的梧桐樹，一大片的繽紛花海，我卻像垂死的憂鬱王子。看著妳，妳背後的藍天雲朵正翻騰。我一轉眼，四周竟變成綠瑩瑩鬼火閃爍的黑夜，柏樹黯如鬼魅，梧桐樹殷紅，花海幻化成驚恐奔逃的羔羊群；而妳，卻用微笑暈染出愛與死亡的氣息。」阿Z又回來，抱著一罐盛滿珠貝的藍綠玻璃瓶，苦澀地說：「我無法過沒有妳的日子。」

珠貝是他從很小時候就蒐集的，去過無數次不同的海邊沙灘，從白沙灣到墾丁都有；藍綠玻璃瓶是他父親在威尼斯的水晶玻璃坊買的，送他的十六歲生日禮物。「這是我全部的愛，用心呵護等於我成長的這些年，我抱來給妳。離開妳的這些日子，讓我明白妳千萬倍於這個盛滿珠貝的藍綠玻璃瓶。我無法不來找妳，看妳，愛妳。」阿Z說著的時候，眼眸流露出無比疲憊與狂迷。

「你以為分離可以使一切盈滿嗎？」她吞著膠囊，那是她遇見阿V時所拿的一整個月份，已經所剩無幾了。

「我們結婚吧！」阿Z突然單腳屈膝跪下來。

她笑出眼淚，嘆氣道：「關於愛，我永遠無法遺忘我對它的絕望，謝謝你。先不說現實面你如何能養我，你父母如何接受我年長你十歲；就我無法克服對愛絕望的這個要命的重大傷病，我都只好婉拒你。」

「難道我們度過的那段歲月，晚場電影、做愛、永和豆漿，通通沒有意義嗎？」

「我因此一直在吞膠囊，你忘了嗎？」

「我永遠愛妳。」

「請不要再說了。你的態度越逼真，對我就越像噩夢。你做的夢是一個徵兆，我的微笑會暈染出愛與死亡的氣息。」

「我相信每一朵雲有有一層銀亮的襯裡，請妳給愛一個呼吸順暢的空間，給我一個機會。我會再回來。」阿Z留下那罐盛滿珠貝的藍綠玻璃瓶，瞇著明顯哭過的發腫眼睛，走入陽光白花花的城市街道。

現在，除了獨自去喝永和豆漿，她吞膠囊當飯吃。她閉上眼，腦海出現修長的柏樹優雅地向上延伸，插入薄霧迷濛的天際——這是阿Z夢境的變貌。為什麼阿Z的愛，阻止不了她日漸瘋狂？

也許是那罐盛滿珠貝的藍綠玻璃瓶，隔年的這個早春季節，她飛向威尼斯。儘管水霧寒涼，她卻無意中遇到聖灰瞻禮日（Shrove Tuesday）。街道、人行道及運河上則到處充滿戴面具慶賀的旅人，還有街頭彩繪化妝師將旅人的臉當畫布，彩繪著頗具特色的面具。由年輕的船伕高歌搖櫓組成的貢多拉（Gondolier）遊行隊伍，放眼都是古樸黑漆、兩頭有尖形高蹺船首的浩蕩船隻。那些世界各地來的旅人戴著面具，或者乘坐貢多拉，或者對西元十一世紀建立的拜占庭式聖馬可大教堂猛拍照，或者群聚聽導遊用各國語言解說；在一張張面具底下，她察覺不到旅人有任何怨懟或歡慶的情緒。這一切，只是更突顯她對週遭的疏離感。

她也戴上面具，在聖馬可大教堂前踱步，到處駐足的鴿子並不理會她的腳步。人影之前之後，她忽然很想問問那些戴面具的旅人們，心裡究竟什麼感覺？然而，她一雙腳釘在古老的石磚上，沉默地接受時間流逝，終究沒有任何人的身影從心頭飄過。這座水之城是讓她這樣的旅人厭倦的烏托邦——烏托邦是個希臘詞，亦即沒有的地方——她腦海閃過這句不知在哪本書看到的說法。

細微的雨絲緩緩飄落，阻止不了戴面具群聚的旅人活動。一如霍亂病原阻止不了作曲家阿荀巴哈（Aschenbach）為美殉死；她想：曾經看過的「魂斷威尼斯」（Morte a Venezia），依稀記得那是部一九七一年由維斯康堤（Luchino Visconti）改編湯瑪斯・曼（Thomas Mann）小說所拍的電影。她總是記得一些無關緊要的細節：比如電影裡的配樂是馬勒（Gustav Mahler）交響曲，狄鮑嘉（Dirk Bogard）是英國人卻扮演德國作曲家，比詠・昂德萊森（Bjorn Andresn）生於瑞典扮演十六歲的義大利美少年達秋（Tadzio）——多國合作到讓記憶撩亂。這個故事關於上個世紀初的頹廢，中年喪女的作曲家（小說是中年作家）前來威尼斯療傷，卻為從未碰觸過的達秋深深迷狂，警告達秋一家離開威尼斯後，作曲家寧死於霍亂猖獗的威尼斯。是無憾？還是自棄？她承接著新世紀初的頹廢細雨，在跟蹤與遙望自己更深的記憶中，不停地自言自語。

……………「我的月光仙子，」馮疆笑得很得意，看著她穿上粉藍鞋子，尺寸剛剛好。「假如妳真要一雙玻璃鞋，等妳長大了，我特別去威尼斯幫妳訂作一雙水晶玻璃鞋，好不好？」

她看到十歲的自己穿了套粉藍色的蓬蓬裙洋裝，領口袖口鑲著荷葉邊——這是上個月父親回家來，送給她學年成績第一名的禮物；她一直藏著，沒敢讓母親知道。

「啊，妳簡直是個月光仙子！」馮疆一把拉過她的手，讚嘆地說：「妳比童話故事的『仙度瑞拉』還要夢幻哩！噢，妳應該有雙玻璃鞋才對。」

「喂，你把我妹妹說成灰姑娘，太離譜啦。」二哥正焱抗議著；「她可是我們家唯一的女孩，應該是希臘神話中最美麗的維納斯才對。」

「我要當戴安娜。」她忽然冒出一句話，那些希臘神話是二哥讀給她的床邊故事，她記得滾瓜爛熟。「戴安娜保護森林，是所有『露水小生靈』的呵護女神。」她想到二哥說的維納斯只是『上昇的泡沫』，她才不要變成泡沫呢！她要做月神戴安娜，而且最重要的——有銀箭！那銀箭會射殺婦女，讓她們毫無痛苦地忽然死去。

「赫，口氣好大。原來妳喜歡當在原野狩獵的女神。」馮疆轉身對正焱捶一下胸脯，說：「我們這位妹妹真是令人刮目相看，竟然要當戴安娜，純潔少女與黑夜獵女的奇異組合。」

「正瑤，」母親喚她，臉色忽然一沉，「妳怎麼會有這套洋裝？」

她低頭，不敢回答。去年父親送給她的洋娃娃被母親扔掉了。從那時候起，她就想當戴安娜，因為她有銀箭。

「媽，是我買給她的。」二哥的聲音化解了她的不安。她抬起頭來，看到二哥攬住母親肩頭，一面眨眼，一面氣定神閒地說：「妹妹長得真快，我想她衣服很快都變小了，特別從台北西門町的百貨公司買回來的。妳看，她穿起來剛好合身，好漂亮呢！」

「就是鞋不對。」馮疆盯著她。她腳上仍是那雙上學的黑色包頭鞋，白襪子。

那夜，他們四個人看了電影「不了情」。

「忘不了，忘不了，忘不了你的錯，忘不了你的好，忘不了雨中的散步，也忘不了那風裡的擁抱……寂寞的長巷，而今斜月清照；冷落的鞦韆，而今迎風飄搖；它重複你的叮嚀：一聲聲，忘了，忘了……」林黛哀哀怨怨唱著。

「別再睡啦，月光仙子。」馮疆哥哥的聲音呢。

馮疆坐在她躺著愁夢的竹床邊，伸了伸懶腰，挺直身軀，滿眼滿臉的笑。「我買到了一雙『仙度瑞拉』的玻璃鞋，妳想不想穿穿看？」他笑得多麼璀璨呢；「亮麗的日頭高照，別賴床了，來看看鞋合不合腳？」

一雙粉藍的芭蕾舞鞋，鞋面裝飾著一朵大大的蝴蝶結。還有一雙鑲著層層蕾絲的白襪。彷彿灑滿了金粉，在她剛睜開的眼眸裡。她張大了嘴，只能無聲「啊」地嘆著。

「我幫妳穿上吧。」馮疆笑著抓起她的腳，一邊套襪子一邊說：「走走看，疼不疼腳？妳這年紀最難買鞋，大了不好看，剛剛好又穿不久，對不對？所以妳只有上學穿的黑皮鞋。」

她走了十幾步，覺得那鞋像條柔軟的絲巾，包著她的腳，好舒服！她低頭看著自己的一雙長腳，蕾絲白襪閃閃發亮，粉藍色的。她抬起頭，看著馮疆，輕聲說：「這不是玻璃鞋呀。」……………

4．我正習慣地向你說再見

現在，戴著藍綠晶瑩的面具，她緩緩行過幾乎密封、有頂棚的嘆息橋。一邊是雕刻圖案的白色大理石配襯拱形花窗的道奇宮殿（Palazzo Ducale）東側，一邊是有粗鐵柵方形窗口的石造監獄；這座有兩個華麗精緻小窗的石橋，連結著天堂與地獄，新與舊，上升與沉淪。十七世紀第一年，囚犯們在道奇宮接受審判後，押到監獄與刑場必經這座灰黑白的石橋，兩格小窗櫺讓囚犯看一眼藍天，那最後映入眼眸的自由顏色。「Ponte dei Sospiri……」她呢喃著義大利語，對這座已經四百多年的巴洛克式建築歎息。

她走向幾乎是正方體的監獄這端，想到很久以前讀幾何學，正方體是各種形體中最結實的。然後想到但丁說：「人是個很好的正方體，必須承受磨難。」但丁從污穢悽慘的地獄中走出，見到煉獄南端山間那個不可置信的早晨，呢喃著：「我的眼光就和蒼穹的，東方藍寶石的優美顏色接觸，透明涼爽的空氣直達第一重天。」在她最後想到莎士比亞的喜劇《威尼斯商人》時（The Merchant of Venice），她已經在三萬五千呎高空飛回東方，一面翻看介紹威尼斯的旅遊報導，一面想莎翁筆下那個威尼斯商人安東尼，為了幫助好友娶得美嬌娘，向放高利貸的猶太人夏洛克借錢，結果在借據到期前沒多久，安東尼卻無法籌錢還債，他得為此割下自己身上的肉償還債務。

她其實不關心誰要割肉償債，只是飛回東方的高空釀造了個不近情理的氛圍，耳際迴響著空氣調節的咻咻聲氣，記憶的祕密就這樣冒出頭來。

「我是安東尼就會割肉，管它是喜劇或悲劇。」二哥對著馮蘭說。

「看不出來你這麼有俠義精神；」馮蘭眨眨眼，「再往深層推衍，你一定也肯為好朋友去坐牢，而且寧可獨自吞忍鐵窗外的愛人移情別戀的痛苦，一面低唱那首『Unchained Melody』，就像那歌詞背景的加州犯人一般。」

「假如妳一語成讖，讓我陰錯陽差成了囚犯；那麼，我會選擇扮演有感性聲音的湯姆瓊斯，唱著『Green, Green Grass of Home』，在獄中夢見綠草如茵的家園，在車站等我回家的雙親，旁邊有秀髮飄逸的女友。然後我醒來，四面依舊是冷冰灰牆，只能空笑夢景如煙。」

「那你一定沒讀過盧戈內斯的『金色時刻』。那裡面有句：『我正習慣地向你說再見。』正焱，你繼續在割肉拘囚的黑色漩渦轉吧。」馮蘭露出謎樣的微笑，彷彿對著遙遠的西邊運河上空說話；那時候，她還是小女孩，對這位馮疆哥哥的美麗妹妹感到迷惑。她記得，當時晚霞揮灑金色的薄霧，一陣蘭花幽香暈染漸黯的天幕；馮蘭輕輕拍她的肩膀，說：「玫瑰永遠是沒有理由就綻放了。正瑤，有一天妳會懂的。」

我正習慣地向你說再見——她如今不止懂，而且實踐。

玫瑰永遠是沒有理由就綻放了——她在這樣理直氣壯的愛情面前，卻依然猶如雕像，無法回應任何對象的問題。

也許真的是二哥正焱和馮疆在她成長的靈魂裡施了魔法，她總會記得一些無關緊要諸如：「我的灰燼將是現在的我」，或者「Shostakovitch我這一生的鄉愁」——他們當年熱情洋溢的對話。他們把她的記憶幻化成一個魔力圖書館，囚住她著魔的靈魂。儘管飛機正緩緩下降，在微曦曙色沉睡的中正機場，以及回到自己國境的旅客們，是這般靜悄悄，她的記憶卻無比喧嘩……愛是靜寂森林裡最後掉落的一片葉子！

她穿著那套參加大哥婚禮的白素圓裙洋裝，來到二哥的房間，百無聊賴等待著。（等待什麼呢／不記得了／記得的是什麼？）二哥的書桌上有張書籤，深藍浮水印的字：「愛是黑暗落葉層下最早蠕動的甲蟲！」書籤旁是二哥寫在信紙上的字，龍飛鳳舞的，她費力看了半天。「如果我們心底有個靜寂森林，像光線也穿透不了的黑暗底層；而愛，也能在那兒滋長起來，那麼我們的愛才真正堅固。最始與最終，只是時間的問題，不是我們找到愛，而是愛找到我們。愛，因為說不清楚，所以迷人。在背負知識責任的重擔下，當我仍然相信感性與直覺的時候，我第一個想到的還是愛。」

信紙的抬頭寫了個字：蘭。

是馮蘭嗎？二哥和馮蘭是同學，總有一天，他和馮蘭會結婚。

那午後的陽光照在書桌上，信紙的字映入她的眼眸，她回自己房間，拿著那本馮疆送她的淺豆綠緞面的日記，再到二哥房裡。（然後呢／不記得了／記得的是什麼？）她把那書籤印的似懂非懂的字，抄在日記的扉頁：「愛是靜寂森林裡最後掉落的一片葉子！」

她再次回到景美九樓的房子，把阿Z那罐盛滿珠貝的藍綠玻璃瓶用塑膠袋和黃繩綑綁妥當，附上一張便箋，寫著：「我還是習慣向你說再見。」然後，如最後掉落的葉片，悄無聲息走到超商，委由黑貓宅急便完好如初地寄回物主的家。

5．綠色的寂靜

八封窗口懸掛的鳥籠裡，奄奄地綣縮著一對綠繡眼。午後的天空漲滿了水氣，正瑤感覺渾身黏黏漓漓，心口窒悶。

昨夜，她斜坐在二哥的眠床上，聽著馮疆和二哥聊他們在台北的生活；「田園咖啡館」、「蕭士塔高維契」這些怪字眼紛紛竄入她腦袋，馮疆激昂地說：「也就像蕭邦吧，即使他一直在異國他鄉流浪，即使跟喬治桑在倫敦熱戀，即使在巴黎大放異彩，但他最後仍然要為祖國寫出『波蘭舞曲』。而蕭士塔高維契的『第七交響曲』，灌注了反抗納粹極權的精神，我不止百聽不厭，每回聽都依然熱血沸騰。」

二哥忽地高聲喊：「敬蕭士塔高維契！敬他給我們勇氣！敬他即使受困在列寧格勒仍然為世人譜出自由的勝利樂章！」

她受到他們熱烈的感染，覺得自己置身珠寶輝燦的金洞窟，隨著他們話語的腳步，翩翩舞跳甜蜜的華爾滋。他們不知聊了多久……第二天早上，她穿上那套粉藍洋裝，配上馮疆送的蕾絲襪和粉藍皮鞋，跟著他們，在晴藍流麗的陽光中，搭舢板去看安平古堡和億載金城。三人在億載金城的砲臺玩捉迷藏，一個轉身，嗄，她站在亮晃晃的砲臺上，望著那個通往護城河的長長橋洞，二哥和馮疆就這麼蒸發了。

她從隧道視線的光口醒來，初夏午後的悶熱醺醺。筆記型電腦的灰黑液晶面板上反映出一個恍惚身影，被寂靜籠罩著；那個寂靜身影透明得像薄荷，綠幽幽。且散發著一股新生綠豆的鮮澀。

「正瑤！我們在這裡。」是二哥的聲音，喊了一半，中斷了。

她追尋到聲音的方向——原來他們站在橋洞上方的城垛。她向他們跑過去，砲台上雜草叢生，地面凹凸，碰！她冷不防摔個大跤，往斜坡草地滾落；旋天轉地的剎那，白花花的陽光激起一陣黃沙。

鞋子擦滑過草皮的吱吱聲！

她感覺頭昏昏，白花花陽光戳刺她的每一吋皮膚；她跌進一個結實柔韌的胸膛。好痛！她依稀駕著銀色月光在黑色森林奔馳，揹著神奇的箭袋，有無數的銀箭，嗄！好痛！她被自己的銀箭射中嗎？

「喂，你很殘忍耶，居然對她的傷口淋雙氧水。」

「我知道那很痛，你要她感染細菌，還是讓我把傷口處理好？別忘了，我是學醫的。」

她看見二哥扶著她的右腿，馮疆用白紗布包紮著她的膝蓋。

二哥伸出一隻手撫著她的額頭，「妳從草坡上滾落，撞到一塊大石頭。」

他們的神情怎麼如此像在外面失蹤了很久、然後垂頭踏進家門的爸爸？她噤聲看著眼前這兩位大男生。

「怎麼啦？」二哥還是打破沉默。

「妳哪裡不舒服嗎？」馮疆問。

她張了嘴，感覺喉頭咕嚕嚕，卻發不出聲音，全身被大火輪輾過般，燒燙起來，鼻腔管噴著熱騰白氣。

「啊，這麼燙，妳著了熱痧。」馮疆摸她額頭，著急說：「這億載金城太熱了。」

二哥扶著她，輕拍著她的背，喃喃說：「是我不對，忘記妳只是小女孩，抵抗力較弱……」

她覺得好虛弱……大廳那個英國大壁鐘扣噠扣噠。

她在悠悠迴旋的夢中，看到馮疆篤篤走向她來，彷彿她腦海的白翳幽靈。「我的月光仙子，妳好嗎？」她感覺帶著微汗味道的男性氣息，在鼻翼開翕之間流轉；嗯……還有髭鬚擠擠擦擦，挨著脖頸，下頦，在她身體四周噓著氣；呵……還有柔軟的手掌，輕拍面頰，試圖要撬開她貞封的心。

正瑤望著眼前的男人，午後的金光灑在他身上，真像太陽神阿波羅。其實希臘神話中，阿波羅和戴安娜是孿生兄妹，帶著銀弓，善於射箭……

「妳在我的心臟射了支無法自拔的箭，一直作痛。」阿Z說。

她聞到迷迭香、九層塔、馬鬱蘭、鼠尾草、百里香和牛至的香料氣味，迷離惝恍地以為自己還在威尼斯的餐館裡，等著那些像阿波羅的義大利年輕侍者端來焗烤千層麵。噢，還真的有盤千層麵送到眼前。

「妳用膠膜把自己包裹起來，隔絕外界的所有接觸；完全無視於我為妳Feverish的迷狂，莫非妳有『Metamorphosis of Narcissus』症候？」現在阿Z的舌頭吐啊吐，像隻巨鬣蜥；「妳聽到了嗎？我心臟有支無法自拔的箭。」

噢，她怔忡看著那翠綠盤子的金黃千層麵，幽幽歎了口氣，說：「我不是工匠，無法幫你拔箭。我也沒有自戀症候。這一切，就只是無解。」

「我做了個夢。妳在顛簸的火車臥鋪上擺盪。我騎著一匹白色天汗馬一路追趕，辣辣的陽光非常螫眼，如同火車冒著的白蒸氣。妳這列火車往陽關衝，我在煙霧蒼茫中追趕，張著嘴呼喊妳的名字。好不容易趕上火車速度，我從馬鞍上躍起，飛向火車的窄門，攀住這列往西飛奔的火車。抱住妳，再一躍而下，我從背後環抱著妳，向西天的紫紅雲彩馳騁而去。」

「請你務必要了解，我是真的無能為力。不管是起霧的夢境，或冒煙的大地，我通通無能為力。」

「我的夢，」阿Z還要固執，「是無解？還是無能為力？」

「都是。」

儘管阿Z離去，她卻知道這不會是最後一次。如同她總是看見盤踞在山麓的美麗花園，白雲飄過，天穹碧藍，陽光灑落；她自然而然信步走向花園中央，四張石椅，一張八卦型石桌，她會沉靜坐在石椅上，等著「他」從嵐煙中飄盪出來。

她的瞳孔總是映著花影，花影映著陽光，陽光燃燒起來，宛如進入魔魅的聖域，「他」無聲地向她訴說隔絕的愛。「唉。」「他」歎旅途太遠，人太累，靈魂太黯淡。「他」身上殘餘的烈焰焦味，教她戰慄。

「二哥。」她噤聲喊著。

她忽然覺得辛酸——她跟他，都只剩個寂靜身影，綠幽幽得像薄荷，他們都沒有歷史，連似是而非的背景都模糊不堪。

第七章　福爾摩莎解藥

1．珍愛匱乏

他們走過戰火邊緣的市街，寒夜微雨，來到一座廢棄的教堂。後院的墳塚邊有面斑駁的牆壁；男人撥去覆蓋的塵埃，牆壁赫然出現了一首殘詩：「熊熊烈火，燒盡古今英雄魂。熾熱的火光燃燒後，留下的是歷史殘骸？抑或撥開灰燼，露出一顆璀璨的鑽石？」他喃喃讀完後對女人說：「我唸華沙大學時，對這首詩記憶深刻。」

「哦，那我們究竟是灰燼？還是鑽石？」女人閃爍著美麗大眼，燃起了男人的青春慾火。她在戰爭肆虐的華沙城當酒保維生。

男人名叫馬契，愛上了美麗的女酒保；他同時必須負責暗殺親蘇聯的黨書記舒卡。此刻馬契沉醉在愛情甜蜜的漩渦，如膠似漆黏住女酒保，黑白的電影畫面似乎要翻雲覆雨（整個段落憑空消失了？／畫面閃跳著）舒卡在教堂街頭前張開雙臂，大喊：朋友呀。馬契對他開槍，舒卡撲向前，馬契也中了彈，兩人驚慌失措地相擁。整個暗殺事件陷入無法控制的情境中，馬契甩開氣絕的舒卡，開始奔逃。（馬契到底跑了多久？）好累喔，一個場景又一個場景，馬契的影子和所有臆想的事物糾纏著，一直在奔逃，奔逃……馬契倒地了，被子彈射穿的胸膛，胸膛染了大片灰灰（黑白影片唉）的血漬，他倒在血泊裡，露出腳上一雙黑襪子，氣絕了（那是什麼地方？）聽不懂的波蘭語對白，來不及看的英文字幕。

我瞇著疲憊的眼，終於看清楚，原來是垃圾場。馬契氣絕在垃圾場，讓人驚覺愛國英雄終究成為灰燼吧。

「Ashes And Diamonds」（灰燼與鑽石），導演叫「Andrzej Wajda」（安德烈・華依達）。在黑暗的困惑中，我看完這部十六厘米的戰爭間諜片；不知道什麼緣由，在暗幽幽的畫面移動中，驀地想起多年前誤入的那間藏書室。

四壁都是一層一層幾乎直達天花板的書架。在我瞇眼處亮晃了一下的克魯泡特金《我底自傳》，像一團飄忽的熒火，第一印象植入了腦海。然而，改變我人生的價值觀，應該是魯迅的《隨感錄》吧。那本裝訂粗陋、書頁黃褐、滄桑不堪的破書，內容竟如手榴彈，引爆了我懵懂的愛國意識；「我們能夠大叫，是黃鶯便黃鶯般叫，是鴟鴞便鴟鴞般叫；我們不必學那才從私窩子裡跨出腳，便說『中國道德第一』的人的聲音。」這段話被用力圈著小小紅點，看來像被啃得血跡斑斑。《隨感錄》封底印著一行小字：民國七年出版，旁側署名「林炳國」，三個瘦金毛筆字，鑽入我掀騰的腦海——那傳說中讓整個家族都噤聲的林炳國——我的堂叔，他失蹤前是否如電影中的馬契奔逃呢？甚至沒和母親告別（我為什麼一直臆想他喜歡母親）？

林炳國——那三個藍灰灰的字鑽入腦海時，我幾歲呢？只記得跟隨母親去探視銀釵堂姑，陰錯陽差誤進了堂姑家的那間藏書室。也許只有那間藏書室證明「林炳國」曾經存在；或者，還加上那台勝利牌電唱機，蒙上厚厚灰塵的黑膠唱片：柴可夫斯基的《悲愴》。

正瑤蹲坐在地上，眼前一個打開的收納櫃，一只她在上個世紀八〇年代提來台北城的紅皮箱；箱蓋夾層始終收藏她小心翼翼呵護了二十多年的筆記本。現在這用鋼筆墨黑汁在封面題書「匱乏隨筆」的筆記，被她翻開來，包括內頁那些褪色成灰澹的鋼筆字，是二哥正焱讀書時代所寫。這本「匱乏隨筆」的紙質脆弱得彷彿要分崩瓦解，每一頁抬頭由右到左，橢圓細線框著綠色三顆星，「臺灣上海鉛筆廠股份有限公司／廠址：臺北縣板橋鎮深丘里西安五二號／電話：板橋六八號」，頁面是綠色細線間隔成十五直行。她不解二哥從哪裡找來這種非常古老的筆記本，就像她不解二哥奔放飄灑的字跡底下壓抑著些什麼，更像她不解二哥「一直在當兵」之後就變了個人。

怎麼會翻到這本筆記呢？正瑤回過神來，原本三十分鐘前她就要去睡了，吞完一粒半的悠樂丁（Eurodin），打翻了裝著史帝諾斯（Stilnox）的藥瓶；她開始在地上撿拾史帝諾斯時，不知不覺一步步追回到二哥的青春年代。

收納妥當，吃完史帝諾斯，她抱著珍愛的「匱乏隨筆」躺到床中，等待藥效慢慢發作，進入無夢無覺的純睡眠狀態。在等待中，她翻到二哥青春時期的等待；如今大家各自蒼老的形影，一一回到從前等待時的青春黯影裡。

梅雨季節，一夜流纏不斷的細雨，敲打著眠床邊的八卦窗。依稀有片紅豔的鳳凰樹林，依稀浮現西陣手織的綢緞腰帶，依稀一襲素白和服，母親牽著他，走過府城柔美高雅的五妃街，左拐，看到法華街，榕樹掩翳，古靜的法華寺依稀可見。母親說：「這是夢蝶園，明朝末年李茂春建的，那北畔有座墳。」

失眠，已經是每夜的必然。課業早就結束，等著研究所放榜，等著阿龍進行的「解除戒嚴呼籲」連署結果，等著與馮疆和解，等著馮蘭的悶氣消解，等著放晴。

等待之餘還是等待，只能等待。

選擇回家。至少，台北的一切混亂與焦慮，在看到母親後，都沉澱下來了。母親依然美麗風華，總是能撫慰我不安的靈魂。

下午，散步走到赤嵌樓，那九隻贔屭龜碑還在鎮守百年滄桑；我彷彿幻化成其中之一，等待的情緒跟著石化而風雨不動。

「我夢見京都了。」正瑤微抖的紅唇，雪白的臉，對我神秘地說：「我又看到那片楓林了。」

從五、六歲開始，她總說：「爸告訴我，那時候他帶著媽去日本旅遊，到了京都，我迫不及待出世了。」她顯然相信父親的誑語，因而認為自己出生在京都。她似乎極喜歡自己出生的地方，還有各式各樣不知從哪裡蒐集來的京都風景圖片，充滿松林、杉林、楓林的京都。每隔兩三個月，只要父親一離家，她便要做京都夢。

我輕輕抱起這微微哆嗦、複製母親的妹妹，她轉身攀住我的脖頸，一下子就睡著了。黎明的青碧熹光斜照八卦窗，正瑤的呼息聲噴在頸項間，有種微癢的感覺；是否有密徑可通向她的幽冥世界？我其實也不了解她吧。

2・珍愛富裕

九樓的大片玻璃窗外，晚霞纏捲著文山山脈，夕陽餘暉如血紅的摺扇，從靛紫天幕張開來，箭矢般穿射正瑤的眼眸。玻璃反影有對殘陽如血的大眼睛。筆記型電腦的銀幕保護程式每隔五秒便淡入一張美食圖片。框著金邊的請柬印著餐聚的細節：「×××教授、×××教授、××教授等，作育英才勳譽卓著，服務屆滿；本系所謹訂於×月×日十八點整，於立德台大尊賢會館二樓Cafe'83，敬備優雅細膩義法式美食，歡送榮退。祈請踴躍參加。」

又有教授趕著退休。

正瑤完成論文，能順利回到系上擔任助理教授，據聞是因為教員退休辦法大幅修訂，年資足夠的教師趕在新法實施前，引爆洶洶的退休熱潮，且從大學到小學全台燃燒。

「我們創造了你們的就業機會。」×××教授的退休口頭禪傳誦八方。

「週休七日月領七萬加百分之十八的優惠存款利率，腐蝕了教員的心靈。」接見她求職的院長，稀疏白髮在冷氣咻咻中，微微飄飛；他顫抖的手批著准可公文，對她嘆氣：「妳風華正茂，有如此教育熱忱，難得。」

我其實是無事可做……她把冒上唇齒間的話語嚥回下意識裡；走入秋風習習的通識教

室，講授「本國憲法」。星期三的上下午都排到課，中午便需要就近用餐，她總是走向蒲葵道的小福餐廳；一如吃食的素樸，她整個人也清清淡淡地融入校園風景中，完全沒聽見背後的竊竊私語。第一次段考後，那飄在漸涼秋風中的私語靜寂了，如同她面無表情地來去。她睡覺前吃史帝諾斯已經年餘，不知不覺把日常生活當成夢遊，過著甚至比樹蔭還隱蔽的日子，直到辦公桌上的這張請柬，召喚她回到現實來。

她肯定穿越了一段靜止不動的時間。因此打開門的時候，被一陣冷不及防的東北風迎面搧來，她只得退回臥室，從衣櫥裡找出那件米白的喀什米爾連帽披風。隨著電梯下到一樓時，她恍然不但冬季來臨，而且寒假開始了。

而且巷口一棟建築有長長的通往地下層手扶梯，可以搭地底捷運。她坐上冷冰的藍色塑膠椅時，還發現這條捷運線早就通車了。她還來不及想為什麼自己一直在地面搭公車，就已經到了公館站；走樓梯上到地面時，尊賢會館的招牌幾乎與她正面對撞。她還一無所知誰是誰時，已經坐在二樓的Cafe'83，在寒暄聲語的包圍中，眼前折疊成三角立體的紙牌印著她的名字。

「林正瑤，是妳嗎？」

這下她夢遊來到了有夜鶯啼囀的翡翠森林，也許月光底下有個吟遊詩人。她抬起頭，看到一張熠熠生輝的美艷臉孔，不怎麼確定的似曾相識。「我認識妳嗎？」她在對方主動坐到身旁來時，開口問；同時恍然似曾相識的感覺——美麗與哀愁的櫻櫻，唉，在清水寺懸崖底下飄飛的櫻櫻。

「妳曾經見過我，小女孩的時候。」

「請原諒我的遺忘，那是我無可救藥的專長。」她看到對方眼角有滄桑的交織細紋，玫瑰色的嘴唇閃爍追憶金黃歲月的傷感。

「應該過了四分之一世紀了吧。我倒還記得當年，妳站在金色薄霧揮灑的運河邊，像個金雕玉琢的洋娃娃。我那個怪誕哥哥，總喊妳『月光仙子』。」

玫瑰永遠是沒有理由就綻放了。她一堆無關緊要的記憶突然冒出這個句子，接著的印象是她在二哥書桌抄著那句：**愛是靜寂森林裡最後掉落的一片葉子。**她從迷茫的交錯記憶中回到眼前，輕聲問：「妳是馮蘭？」

「妳不止長大了，」馮蘭對她點頭，微笑依然如謎；「還如此風華迷人，肯定追求者眾吧。」

「沒有。」餐桌上的牛排刀鋼光冷閃，她站起來；「我去切一塊牛排肉，妳要一起來嗎？」

「妳果然孤芳自賞得很。」馮蘭也站起，卻往沙拉檯走去；「我漸漸不能吃肉了，索性當個草食動物，五穀雜糧讓我的胃囊平和。」

她拿鋼刀切肉吃咬。馮蘭叉起片片鮮綠生菜咀嚼。兩人寂靜地在喧嘩聲浪中餵食各自的胃。她想：馮蘭會問這些年二哥如何嗎，她該問馮疆這些年怎麼了嗎；也許，她和馮蘭什麼也沒想，只是一頓餐聚，跟著大家在所長主任致辭後拍手就對了。

儘管她配合著大家的節奏，悠閒靜謐的庭院，二哥書房的八卦窗，母親在餐桌上難得的微笑，甚至電影「不了情」的林黛與關山，都不斷擋住眼前進行的歡送場面。她頹然放下牛排刀，就剩一口肉了。

「這個等待了千年才來的富裕年代，大家卻不知道珍愛。」馮蘭放下叉子，餐盤潔淨得彷彿不曾使用。

「我——」她就是無法再拿起刀子。

「不是說妳，別多心。我只是不由自主會突然自言自語。」馮蘭對她笑笑，「我比妳年長，怪毛病當然也比妳多得多。妳進系上授課多久了？我在這系所十多年，怎麼從來沒看到妳。」

「不到四個月吧。我大學時沒看過妳開課，修碩士沒有妳的課，博士課程也沒有。我從來不知道妳在此任教。」

「哈哈。原來『造化弄人』是這般狀況。我在北美麻州進修兩年，後來跟日本交換客座講授兩年，前年八月請了一年留職停薪的病假。可能都恰巧是妳在系所讀書的時間。我也才回來授課四個月不到；看來，妳可能也恰巧跟我一樣，極少進辦公室。」

「什麼病要請一年假呢？」

「恰巧撞上歐美文明女性的流行病徵：Breast Cancer。不痛不癢的小硬塊，比小指指甲還小些，卻讓我坐雲霄飛車般，崇山峻嶺到溪谷溝壑，在死亡貧瘠的荒原繞了一圈。好處是，我練氣功，在虛幻中處處看見真實。」

「嗄。」貼近死亡的感覺，就是櫻櫻在心口劃下永不彌合的傷口；她懂，所以只有史帝諾斯才能容納流灑不止的鮮血。但她應該說這些嗎，還是無驚無險地問候安好？

「我很好。妳不要皺眉呀，不然我總誤以為妳母親在眼前。妳們母女真是上天用同個鑄模捏造成的。」馮蘭瞇眼看她，似笑非笑地說：「我就不問伯母安好了。倒是妳，人很台北，眉宇充滿京都的哀愁，眼睛像威尼斯水漾漾的，鼻樑很巴黎時尚，唇齒卻有運河的憂鬱。為什麼妳的激情熄滅了？」

「有嗎？」她被馮蘭的纖細敏銳震懾了。

「習慣性的喃喃，別理我。大約是化療的後遺症吧。」

「哦。」她想起前幾年在街頭，當時她正走出地方法院，看見金光粼粼的朦朧身影，那個站在分岔的交叉地帶的馮疆。不自覺脫口問：「妳哥，他現在過得如何？」

「妳二哥過得如何？」馮蘭的眼眸似乎有絲春情盪漾。

「說來話長。」她們兩個異口同聲。

「倒是我做完化療，休養期間寫了好些篇文章，只不過，E-mail到報刊雜誌，他們甚至連回音都沒有。網路發達的結果，反而使網路世界如海，要找有深度的文章，簡直海底撈針。我也懶得去貼什麼網誌，所以用年終獎金和一些儲蓄，印製了一萬本口袋書，贈送有緣人。」馮蘭說著從皮包取出一本小冊遞給她，笑得淒傷；「可惜現代人忙著遺忘，有緣人不少，卻都是無緣看完的。因此，我也不確知這些文章到底產生什麼迴響。只希望它們就算引不起反應，也可以被回收再生利用。」

米白小冊印著綠色台灣島嶼，雲白的書名飄在島嶼上空。正瑤翻閱這冊長十五公分、寬十公分、薄零點五公分的《福爾摩莎解藥》，序言中間寫著：「……誰也沒有權利來專斷所謂台灣的傳統或特色，這是一個不成問題的問題；任何大聲表明愛台灣的人士，充其量也只是表明一種當代的短暫形式，而非永恆的決定論。雖然，宣告我們孤獨、失落就如同存在主義一樣具有悲愴的魅力；卻也同時削弱了我們吸納的年輕活力。誠如美國社會學家Thorstein Veblen所云：『猶太人在西方文化的傑出地位，並非因為天生的優越性。他們之所以出類拔萃，是因為他們參與了各種文化活動，同時又不因特殊的偏愛而被各種文化束縛；因此，猶太人比非猶太的歐洲人更易於在西方文化中創新。』如果猶太人的文化高度可以當我們的借鑑，那麼我們更不該畫地自限，認為只能用右手去觸摸宇宙；能觸摸宇宙的形式太多了，重要的是，怎麼從觸摸中感應宇宙的真正實質。」

「這本《福爾摩莎解藥》其實是寫關於我大哥，妳二哥，我，以及我們荒涼青春的那段歲月。」馮蘭靦腆起來，欲言又止；「隨意翻翻就好。」

「謝謝。我帶回家讀，也許能解開一些謎題。」正瑤把小冊子收進皮包。

餐聚結束。告別時，馮蘭突然問她：「妳眼中有太多曲折的傷痛，要好好保重。」她實在無法和盤托出所有隱衷，只好反問：「妳寫這福爾摩莎真的有解藥嗎？」

3．繁星的珠串

大寒這一天，她跟馮蘭再見面，坐在誠品二樓咖啡小廳。新生南路T字交叉著羅斯福路，輪胎摩擦地面的煞車聲，很規律地依照時間傳入她耳膜；馮蘭黃鶯般的美妙聲音，便詭異地斷斷續續進入她腦海，如同無法連貫的記憶，對方每跨前一步，她就失去半步。

「這是我非常喜愛的德國女畫家Rosina Wachtmeister的畫作月曆；她生在維也納，成長及受教育於巴西，後來嫁給義大利丈夫，定居在羅馬北郊的Capena古城。Rosina的畫融合拉丁美洲的熱情和歐洲的優雅，特別是幻化成彎月般的貓臉，柔美甜蜜，很像童話的魔幻夢境。才剛開始的年，妳覺得悶的時候，看看這月曆圖，可以隨心所欲回到童年。」馮蘭將月曆收回紫羅蘭色捲筒，連同約略二十本的《福爾摩莎解藥》，一起放進那只印著綠色台灣島嶼圖案的米色帆布袋，遞給她。

她其實還沒翻開《福爾摩莎解藥》，只除了三天前在餐聚時看的那小段序言；更正確地說，那本小冊還在皮包夾層中，而皮包丟置在筆記電腦旁。這三天怎麼恍悠過去的？她一點印象也沒有。也許又被時間之賊偷走了，她對史帝諾斯的依賴使得歲月不斷遺失。

「我們這一代的人對民主太過迷信，虎視眈眈注視著民主。這些年來，我觀察到一個現象，民主只有在無人注意的情況下才會更活躍。我們把民主看得太理所當然，什麼事情在民主的旗幟下彷彿都很簡單。事實上，對於民主的天真與高估，使得你二哥和我們兄妹都付出沉痛代價，無法挽回的青春，無法重來的人生……」馮蘭的聲音飄過柔藍的貓月臉龐。

從大寒到月底，她再度遺失了十一天。此刻，她看著半開大的月曆，想著要用左手還是右手，把一月份翻到背面去。左手翻來的二月依舊是貓月甜臉，在城堡一隅張望著她。她讓右手的《福爾摩莎解藥》鉛字印入眼眸：

兩人剛跨過城市邊緣，已是明亮的清晨；他們沿著預定的路線，鑽進茫茫的中央山脈。陣陣悶雷隱藏在雲朵裡，背後追獵著悲沉肅穆的戰鼓聲，黯雲使天幕緊貼他們頭頂……他在驚險中拉住失足下墜的他時，脖子左側被外凸的山岩劃開，涔涔的血流淌，曙光映照著襯衫肩袖一片紅漾。

兩人依傍山壁陰影坐下，喘息；被拉起的他撕開衣衫下襬，把他脖子圈圈纏繞緊實。他聲帶因而卡卡的，斷續對他說：「多注意腳下可能閃現的毒蛇，別理背後的風聲亂響。」

「謝謝。我總感覺緝拿隊伍成列，隨時在山縫處等待我們。」

「你神經太緊繃了。這高山中，青竹絲不少。」

「人比毒蛇還可怕。」

他摸著纏在脖子的衫布，一口氣透不過來，沉默了。

接著是連串日夜的沉默，比爭論不休還疏離他們。

他們穿越峰峰相連的山稜線，只有白耳畫眉「回——回——久——」的叫聲，迴響在高海拔的針葉林中。就連那座終年戴著雪帽般的Papakwaga山，也無法刺破罩在兩人當中那張沉默的膜。一直走到東勢和花蓮木瓜溪一帶，來到泰雅族東支的賽德克族地盤，兩人分道揚鑣時，都沒有說再見。

他們一起翻越過Pinsebukan與Bunobon山，就只是沉默。

為了什麼？也許只有當年的高空風聲知道吧。

…………………………………………

她跟二哥翻越了白石山，往能高山縱走，黑色奇萊山脈在北方的綿密雲海中，浮浮沉沉。「我們應該有對翅膀，可以一路飛過大霸尖山，飛過拉拉山，飛出這個島嶼。」她嘆著氣；「那該多美妙。」

夜色很快降臨，高山頂星光燦爛。他凝望滿天繁星，對著她說：「我要把天頂的繁星都採擷下來，做成珠串，佩戴在妳美麗的頸項。」

兩人沿著中央山脈北行，牽手穿梭針葉林，白雲悠悠，山色壯美極了。

她看見像世外桃源的瀑布時，緝拿隊伍同時悄然掩至；她正要開口嚷叫，他掩住她嘴唇，一把將她推入瀑布旁的隱密山洞裡。啊——她噤聲吶喊，眼睜睜看著他被他們帶走了。

醒來。窗前寒雨兩三點，七八顆星寥落在天外。她光腳踩在冰冷的地磚，儘管回憶中的二哥與她，確定從來不曾有過這樣畫面，但夢中景象如此鮮明——是她來不及長大，錯失了解救二哥的時機？還是馮蘭的《福爾摩莎解藥》入侵她記憶，進而企圖修補她潛意識懊惱不已的混亂？

天知道二哥怎樣度過那些藉口「當兵」的牢獄歲月。他再度出現，完全變了個人，跟她隔絕開來。而且彷佛失去了言語動能，異常沉默地把自己幽囚起來，眼神漂流在遼夐的遠方。任何人都進不了他的封閉城堡。

包括母親。

她站在九樓微曦的玻璃窗前，想起馮疆明顯蒼老的眼神，想起他說：「我跟他，不同時間被關進去『那裡』，後來，又被關在不同地方，始終沒碰到過。」

他們之間到底發生了什麼事？

她的困惑重疊著馮蘭的困惑。為什麼這個熙攘著二千三百萬人口的島嶼，竟然無人可以回答。

4．內疚得極具誘惑

「……面對現實的社會，稍微思索便很容易發現自己身在荒誕的處境中。當你覺醒，且覺得必要維護做人的尊嚴和獨立，孤獨立刻排山倒海而降。是的，孤獨很難承受，所以我們必須學會不靠愛情獲得快樂。當然財富權勢更是海市蜃樓，不可能依靠。處在四面八方都無靠的情境中，有如失卻信仰，感到無助也是必然。然而，沒有理想，沒有烏托邦，其實反倒讓人更加清醒；因而返求自身的力量，信心會慢慢激發而出。寧可做為現代社會的隱者，跟社會保持遙遠的距離，才可能保持清醒，才可能培育出精神的餘裕，內觀自身而信心源源而來。」

《福爾摩莎解藥》後記的最後一行：能讓心靈真正得到平靜與喜悅的，絕非死亡，而是堅韌的生命。

正瑤闔上薄薄小冊。

當年兩個桀驁不羈的靈魂，闖入莽莽洪荒的蜿蜒山野，蔭翳的樹林，嶙峋的高崗，枝椏盤繞的古藤，人高的叢簇野草。他們流亡在險惡的山嶺間，把青春肉體放逐於未開發的野性欃蕪裡；在崎嶇崩圮的谿底中，在惡靈聚集的塔山中，他與他，或上行或下切地攀越危險山徑時，發掘了彼此心靈最黯黑的一面嗎……想像之於她，好似利劍上的冷鋒，召來四野八方的魑魅魍魎，在濃重的寒夜黑幕對她張牙舞爪。

「不！」她怒吼，頭往牆壁撞過去，決心不被回憶與想像所苦。城堡一隅張望她的貓臉碎裂了，Rosina Wachtmeister白髮蒼蒼的相片就像女巫；該死！她腦海中驀地閃過太阿祖米布思白髮披散的夜祭形影，儘管額頭腫脹，頭痛欲裂。

……噓！我偷溜過來的。這座竹橋實在太狹窄，沿著鹽水溪一路蜿蜒。我顛簸著碎步急趕，深恐妳如此艷色風華的魂靈，被污穢的向靈拘獵；聽到了嗎？他們的痛苦哀嚎多麼嘈雜呀。這路非常凶險，他們想拉妳下去輪替煎熬；我可是妳的太阿祖米布思，怎能見妳沉淪？不管妳能或不能，都必須努力承受人生這長久、沉重又難以理解的夢；妳不可能紛紛健忘，或徹底遺忘的。那些曾經飄閃在妳記憶的青春儷影，霧靄山丘上也好，繁星夜空底也好，通通都是風華金影，不是只靠耳語與風聲流傳的。妳的存在與記憶，才讓這一切真實且有意義。妳不該忘記我在九月十五的豐年祭之夜，攀上公廨屋頂對著月亮誦唸咒文，那是祝願妳健康堅韌的祈禱。

荒野朦朧，一個遊魂的影子漂浮而出，彷彿要涉過湍急的流水，顫巍巍地踩著碎步，趕著拂曉前消失。她不經意地看了那影子側邊一眼，倒抽口冷氣，那根本就是她的側影！她看到自己的側影，未免太離奇吧——喂，妳暫停一下，我的影子，怎麼妳脫離我身軀先行，這可不行。

側影停下急趕的碎步，她追過來。近看是她，或者說是縮小版的她，然而那側影的眼睛盛滿內疚，又不是她。空濛濛中，一道曙光刺入眼眸，什麼都不見了。

只剩記憶的折磨。

那一天，她倚靠在庭院的榕樹下，天真的臉龐紅嫩金閃，望著他。他把一張黑膠唱片放進那架老式哥倫比亞電唱機，指針開始在唱片刻痕上舞動：美聲男高音流漾出的音符，在他眼眸反射出某種內疚的哀慟。

Ca-ta-ri——Ca-ta-ri——pec-chè me di-cestipa-ro-le a-ma-re, pec-chè——meparle è oco-re me tur-miente, Ca-ta-ri?

Nun te scur dà! ca t'ag gio da te'o co re ,

Ca-ta-ri, nun te scur dà! Ca-ta-ri, Ca-ta-ri, che ve-ne a di-ce-re? stupar-là ca me dà spase-me?

Tu nun'ncepienze a studu-lo-re mi-o, tu nun' ncepienze, tu nun tenecu--re.

Co—re, co re 'ngra-to, t'aie piglia—to'avi—ta mi-o, tut tè pas-sa—toenn'nce pien ze chiu!

「妳可知道，那位名叫卡塔麗（Catari）的姑娘，讓男人因為心碎而死。」他對著她呢喃時，她嘴裡嚼著青澀的番石榴果，其實根本聽不懂話義；「很像民謠的小曲吧。這是義大利的作曲家卡迪羅（S.Cardillo）寫的，歌名翻譯成『無情的人』（Core'ngrato）。我憂心妳長大後，會不會也成了卡塔麗？」

她一直到寫碩士論文時，才在一家怪裡怪氣的唱片行找到這首歌曲——Core'ngrato。買下這張CD，才弄懂那些義大利文在唱什麼——卡塔麗，為什麼妳對我說這些話？為什麼使我心裡痛苦要死？卡塔麗，妳可記得我曾把我獻給妳，妳可記得？卡塔麗……啊！負心的人，妳奪走了我的生命，狠心的人哪，妳就忘了我。

她把所有窗簾都放下來。只讓這首歌反覆循環播放著。

記憶的篝火漸漸升起。她感到喉嚨發哽，彷彿鮮血呼哧呼哧地從心口往上冒……她看到二哥的影子挨在她幼時倚靠過的榕樹下，渾身沒勁，咯出幾口血；父親的背影消失在黯紅的大門外，泉州來的古舊青石板地面烙印著一個血腳印……「走吧。」正森轉身往靈車去。「喂，你是長子，不擎白幡嗎？」她大喊。「要擎，妳擎呀。我有來送終，不錯了啦。妳那位二哥人呢？」……「林小姐，這是凌晨四點多一位瘦高的黑衣男士送來的，連句話也沒說就走了。」大廈警衛交給她一個密封的牛皮紙袋。林正瑤——她認得那字體；牛皮紙袋裡的幾十萬現金，二哥終究沒有出席最後的出殯儀式。

他眼眸的內疚一直縈繞著她的記憶核心。

妳知道什麼叫癡情嗎？比癡情還厲害的，妳知道什麼叫瘋狂嗎？比瘋狂還厲害的，妳知道什麼叫毀滅嗎？……他的內疚一直向她傳遞這些生命的熾熱，誘惑著她所有的愛。

5．不停兜圈的野蠻印記

「它們就像滴答血珠的狼牙，吞食五臟皮肉的蟒蛇，啃噬頭蓋骨的鷹隼。它們用分繁交錯的美麗語言，對你的靈魂施打迷幻毒藥，讓你幻想自己是激情的英雄，擎著月亮的銀色盾牌，太陽的金色利劍，是天底下最幸福的鬥士。」他捶著胸口，彷彿那是靈魂的墓地。

「凡它們碰觸過的，都必毀滅。要對抗它們，只有成為毀滅戰士；」屠戮的腥血潮汐湧上，他的眼神冰寒，風聲颯颯。「既然它們無法純淨，只好摧毀湮滅。」

他手中擎著電鋸，凡所到處的所有生物都血珠四濺。無法止息的嘶嘶鋼鋸聲。獵殺的時間向永恆傾斜、凝凍。

一片血紅潮浪中，那隻白天鵝竟然悠遊而來……

黯然的黎明佇立在窗口。

漫天瀰地的孤寂惶惶流竄。孤寂追蹤著她，她追蹤著無解的夢境。孤寂和她，都無所歸屬；像遙遠的兩座鬱鬱小島，漂浮在海天交會線上，逐漸淡出寧謐地界，倒流回到時光幽徑，幽徑盡頭的化外只有空寂。

千百年的硝煙戰火只剩黑白影像——越南、柬埔寨、剛果、以色列、北愛爾蘭、黎巴嫩，大屠殺後的破碎肢體，人類黑暗毫無遮掩的煉獄。這些戰地記者拼命印記的無數鬼魂，此刻一一竄過，轉瞬將化為灰燼。

如同枯萎的玫瑰留不住月亮。她也留不住美好的青春二哥。「這本我隨身攜帶了兩三年的『Hearts of Darkness』，就交付妳保管了。那是唐・麥庫林（Don McCullin）的攝影作品，他成長於倫敦最黑暗最邊緣的地區。一九五九年開始當戰地攝影記者，無數次與死亡擦肩而過，曾經被關入烏干達阿敏的死亡監獄；一九六八年他的相機傳奇地幫他擋住一顆致命的子彈。他說過：『如果我不拍照，我只能成為迷失的靈魂。』戰火擊不倒他，軍方格殺令阻止不了他。」他遞給她那本攝影冊時正要入伍當兵，當時她讀國一，他還對她微笑，還對改變世界局勢充滿信心；「這是個熟知各種恐懼的行家。看看他的照片，有助於妳克服恐懼，提升靈魂的耐受力。」

她依稀記得那本邊緣磨損得厲害的《Hearts of Darkness》，幾乎每一張照片都伴隨一段等待二哥來信的歲月——激進愛國主義者屠村後的榮耀臉龐，靜默趴跪在情人屍體上的女子空洞的神情，不知何處的孤兒與棄兒，慘遭姦虐的婦女——麥庫林根本讓她無法閉上雙眼。一年多後，整個夏天什麼都沒等待到的一個颱風前的詭麗傍晚，她索性把麥庫林扔進運河盲段施工的中國城地基下。

她沒有從照片的野蠻印記學會安頓自己焦躁的心境。

只是，這個麥庫林卻從此咬住她的印記。

漸漸地，她總不斷遇見有關他的印記，比如那張在炮彈血洗的瓦礫旁、憤怒狂泣的婦女揮舞雙手——是他在黎巴嫩替那個女人留下她存活於世界的唯一證據。比如她多年後看到那本一九七一年的《毀滅事業》（The Destruction Business），一九八三年的《貝魯特：城市危機》（**Beirut: A City in Crisis**）。他似乎總在不斷兜圈，不斷印記野蠻影像，不斷向她顯示如何考驗上帝對人運氣的恩寵。他為什麼得以倖存？為什麼說：要拍出和平比苦難還難？

如同二哥最後跟她的對話：「什麼是對什麼是錯什麼是愛國我已無法分辨與理解。我眼中看到的國家跟戰場看到的景象一模樣。沒有人找到和平寧靜與快樂。沒有人得到寬恕與保佑。」

麥庫林不知道如何釋放那些被他最後拍攝而死去的鬼魂們。是否二哥也不知道如何反擊夜夜被英雄主義的骷髏們追獵？儘管他很誠實地面對自己受天真信念所害，向她暗示生命荒蕪、黑暗與卑懦。

「我以為只需憑著正直，便能理直氣壯站在任何地方。但是，站在垂死者面前，如果你幫不上忙，一切的行為或言語，都只是自欺。」那是個春寒深夜，二哥離去的背影揹著承受不了的罪惡感；她驀地想通為什麼那位得普立茲攝影獎的記者要自殺——荒漠大地上禿鷹眈視垂死女童——因為他轉身離去，任由女童在飢餓邊緣等死。

那麼，馮蘭寫《福爾摩莎解藥》，根本沒有碰觸到如今二哥的心境邊緣。至少他沒有給她一個到那黑暗心靈的界址，那裡太高太險惡會讓她摔得粉身碎骨。正瑤再度把薄薄小冊翻開，「**能讓心靈真正得到平靜與喜悅的，絕非死亡，而是堅韌的生命。**」是嗎？馮蘭完全沒看到二哥滿身是傷回到最初背叛他的城市，沒能體會唯一收容他的只有他自己的黯影。

她突然有種悽涼的勝利感。是的，她比馮蘭更親近二哥，就如同唐・麥可林（Don Mclean）的老歌：And I Love You So

………The day you took my hand

And yes I know how lonely life can be

The shadows follow me and the night won't set me free……

她和他都被血緣的黯影擄獲，徒勞地兜轉。

第八章　寂寞悠遊卡

1．鮮花永遠守護死亡

靈魂和骸骨組成地下部隊潛行而來。跺跺的腳步聲在四周圍兜圈，彷彿要招募卻不知所措。一堆無關緊要的繁瑣事務。莫名放在門外鞋櫃上的玫瑰，枯萎了，有時三支，有時五支。

答錄機有馮蘭的留言：什麼時候聚聚？她連「偶而」都無法答覆，只好拔掉電話線。

鮮花永遠守護著死亡——她想不起誰說過這句話，卻總在最深的黑夜看見父親入殮時的鮮花喧鬧放肆，死氣凝重且大搖大擺撞擊過來。

錦簇繁花中鬼魂們爭論不休，直到漫漫黑幕翻白，大家極度疲累再也無法啾啾。曙色緩緩見赤，她守候著絕望的日落，破敗的月亮，超過千年的寂寞。不知為什麼打開了童話書《格利佛遊記》，卻為著書裡學院人士提議放棄語言得以不再繼續耗損肺臟，莫名哈哈大笑，繼而淚流滿面。

然後，她把所有膠囊倒滿了整個桌上，打開瓶裝牛奶，自言自語：我對真理一無所知，世間根本沒有真理，真理就是這些膠囊，我吞下真理……

幽幽醒轉時，她發現床頭那本《福爾摩莎解藥》裝訂針脫落了，10×15公分的紙張灑了滿地，略泛著褐斑的印刷文字一個個四散飄零，把她住的地方都包覆了。

她艱難地走在遍地哀嚎的文字中，想按照頁數順序重新拼湊那些失序的故事：那時大家都還未跨過三十歲，每一個顆心靈卻已被嚴酷的時代折磨得蒼老異常（應該是第十五頁？）……尤其他凝望著遙遠的空茫，好似凝望烏托邦的夢想，他的每一道波動的情感，都暗藏著等待爆裂的火種（好像第三十七頁？）……他們總是不時引用馬克思，在術語言談之間，擦撞出革命的小火花，只待點燃火種（依稀記得是第四頁？）……誰也沒有懷疑彼此真摯的情感，大家都是純真海岸縱浪的逐夢者（第四十六頁吧？）……回報的卻是空茫的歷史，壯志與夢想都已沉埋。他們差一點就可以點燃夢想了，歷史的狂風把一切捻熄（會是第五十九頁嗎？）……我們沒能完成改寫歷史的理想，在歷史無情改寫大家命運的時刻，該如何面對記憶裡的一堆灰燼（不確定是最後一頁？）

幾乎拼湊完成的頁面都跟她毫無關聯。

夾纏在傷痕累累紙張中，出現一張不知怎麼來的A4的手工宣傳單。

通常她會出門，只是去超市買鮮奶冷凍食品；會開信箱，只是信箱溢出的各色紙張向外探頭招搖，她才打開取件，夾七纏八順便塞進超市購物袋。信封紙張往往沾黏褪冰的水珠，字跡模糊雜混，她甚至看不清水電扣繳單、信用卡對帳單與各式宣傳垃圾單有何差別，就是全數紙類回收。

眼前這張A4手工宣傳單印著《10色液體》；這四個字體，有種說不上來的熟悉，忽地啟動了她記憶深處的搜尋……噢，是《Contact 林林》，公園廣場的裝置藝術，好些年前唐駱以她為創作品印著的字體。

小心翼翼穿越這些騷動喧嘩的紙張，她走出家門，在捷運站買了一張悠遊卡。

她坐在藍色塑膠椅，捷運車窗外墨灰氣流咻咻，速度擠壓了空間與塊面，同時割離了時間的連貫；她的記憶被不斷上上下下的人群攪擾著：

長長的地道，似乎雙影交錯，誰跟她呢喃：「那不重要……」只要與她守護安平的永恆濤聲？背叛如此輕忽，如同氣流竄咻，將台灣海峽的濤聲轉成南太平洋的濤聲，飛馳過來的永恆，只是一張紐西蘭峽灣風景明姓片。

玩笑信號燈閃呀閃。捷運車廂浮出地面，騰上高空，她在迷狂的速度中望見模糊山影。二哥與馮疆的身影晃閃了一下，隨著山影突然離席。

終點站湧進湧出的人群，甚至不曾擦過她身。她如一縷遊魂走向曾經傳奇的淡水老街，走入濕寒的春風中；來到渡口，各式往返八里的渡輪向她招手。她眺望遠方的海，二哥似乎發著笑，在海波間載沉載浮；她也發著笑，笑容無緣無故的，立即被春風阻斷了。

踅回淡水終點站，她再坐回藍色塑膠椅。

迷離的速度。

她盪回家鄉三進落的庭院，呆立在一盆盆枯萎的白牡丹前，等待工人從長途卡車卸下家用物品，一一搬進三進落的各處。她讓整個下午長久的沉默過去後，才對著空幽幽的廂房說：「我決定住台北。」頭也不回就走了。

再往前一年吧，某天中午，父親棺木正要推進火葬爐，一個白髮女人哀嚎著阻擋，上半身撲到葬爐前。母親面無表情。她也只能面無表情。大哥正森更是事不關己。下午捧著骨灰甕，爬四十階窄彎的圓錐鐵皮樓梯時，她無聲咒罵父親對人生作弊，黑色骨灰甕咚地放上《究竟涅槃》的水泥架。赫唉，這樣的父親究竟能如何涅槃？

她一直抹不去當時那股熾烈的憤怒。

一陣古怪的震動，另一個終點站。好吧，她起身，隨著人群上上下下，轉樓層，換搭另一條捷運線。

人類需要在怎樣的時間與空間裡才能獲得救贖？列車氣流咻竄不已，她的思緒隨著流竄——也許是：速度——既然速度把時間和空間擠壓割離，人類在速度中就無所謂救贖問題。

突然間，那股貼身這些年的憤怒，被速度甩離，驟然消逝了。

嗯，很好。她繼續在捷運列車的速度中悠遊。

非常好，純粹的速度。

什麼都蕩然無存的速度。

讓生命切離生命的速度……。

她恍惚走出捷運站時，完全沒意識到手掌捏著那張宣傳單。

當然也不知道這是個月亮跟太陽均分天空的春日。當然，她更不會知道接下來的命運戲碼怎麼演出。

——《10色液體》——

舞台中，一個全裸的光頭人仰躺在透明床，舞台頂端開始滴下紅色液體。同時舞台後方白幕開始投影：

兩隻手∨握手∨纏綿∨分開∨一隻手停留在白幕。
紅色液體倒著，白幕的手逐漸被紅色液體包覆。
停格。
一隻紅手。
投影消失，燈光漸暗。
舞台中人的肚臍漾出紅色液體，像沙漏不停滴到透明床。
光頭人翻身側躺，光線移動，直到身體像剪影。
光頭人抬高頭，橙色液體倒向光頭。
白幕投影一顆橙色頭。
橙色頭人坐起，黃色液體灑向他胸膛。
綠色以更快速度追噴他腰腿。
藍色席捲身背。
他站起來，紫色液體沖刷他一如電動洗車的水柱。
白幕投影同步節奏：
閃過紛亂色彩的人體局部∨黃胸膛∨綠腰腿∨藍背脊∨紫色包覆全身。
舞台上，紫色人雙手張開十字形，迎接射向性器的桃紅液體。

白幕投影桃紅性器。

漸暗。

黑色四面八方籠罩。

黑幕不停旋轉閃爍著桃紅性器∨藍屁股∨綠大腿∨黄胸膛∨橙頭∨紅手∨紫色爭奪了身軀。

燈光漸亮。

舞台上的人倒在地上，全身墨黑。

白色液體由四面八方往他身上噴灑，他開始舔吸身上的白色液體。

黑幕漸白，投影出舔吸自身白色液體的貓人。

舞台地上流出白色液體，漾向觀眾。

甜美的女聲透過擴音箱解說：這都是剛擠出的鮮奶，為了這個演出，贊助的××廠商動員了分佈在中央山脈兩側的十三個牧場，上千隻母牛，群體奉獻。

「喝牛奶有益健康。喝牛奶有益健康。喝牛奶有益健康……」停不下來的聲聲催促。

舞台男人舔吸自身的白色液體，動作如貓。

一群穿著很時尚的男女觀眾，在暗黑中都收到五百CC的白色液體。

「喝××牛奶有益健康，喝××牛奶有益健康，喝××牛奶有益健康……」大家不自覺舔吸手中的白色液體。

罐頭掌聲熱烈響起。

「這是生命流過的顏色。」更高分貝的罐頭掌聲。大家不知不覺地，瘋魔舔吸白色液體，美麗的名牌衣服沾了白汁液，呵，沒關係，這是美味的生命顏色。

舞台貓男人弓著身軀舔吸，無法止息的舔吸，群眾不知覺地跟著舔吸。舔吸的動作彷如電腦不斷擴散的病毒。

她驀地驚醒，四周圍湧冒冰冷白氣，《10色液體》四個透明的娃娃體字，在白色泡沫中浮顯——導演：rob

掠奪、搶劫、騙取＝rob。這正是唐駱，他竟然腐敗到完全被商業收購，假借藝術搾取大眾潛意識對藝術的崇拜，掠奪搶劫靈魂最寶貴的純真。

啊呀，她拋掉手中的液體容器，噠噹！碎裂聲被群眾喧嚷聲掩蓋過去。

貓男人舔吸的動作忽然極度猥褻起來。

那一瞬間，一根玫瑰長長的莖刺戳入她的記憶心臟。她本能地奔逃起來，甚至來不及驚呼。

群魔蜂擁，詭譎的氛圍。

她無法突圍……

2. 熾烈如金的光彩

總是有這樣柔和似銀的喧嘩；

總是有這股熾烈如金的光彩！

宛若她誕生時世界開始膨脹，且囈語不休。酩酊的空氣持續穿行她的血液。母親撫摸她，喃喃反覆：女兒，我從來沒離開過……

她漂浮起來，懸在灰白色的病房天花板，望著病床上閉眼昏沉的自己，氧氣管插在鼻孔內，嘶嘶噴出的純氧，直接灌進萎縮的肺葉。這肉身，就要圮毀；她比誰都清楚。無濟於事。

木屐聲跺跺而來。

「怎麼樣？阿母。」

「禁向祭就要開始。米布思說：她不想活，我就好好牽她走。這條歸靈路，總是要經過嘈雜濕漉的長窄竹橋，總避不開橋下穢河洶湧。唉，這絕非妳想像的安寧；穢河的向靈們會攀扯她，想盡辦法讓她墜河。這一路凶險，得要千萬小心翼翼，才能到達飄揚五彩旗幟的天頂。」

她已經脫去軀殼，一圈圈的雪白光暈籠罩那具淺綠病床上的肉身。

「阿嬤，」她被自己過大的呼喊聲嚇了一跳。

母親和外婆同身轉向她，三對眼睛一模樣的艷色風華。

「我一直聽到冗長、無法停頓的ONINI——為什麼？」

「那是我們散佚了一百五十多年的聲音。夾雜著向靈們的痛苦哀嚎，因為他們生前做壞事，無法通過長窄竹橋，墜入穢河飽受煎熬。所以阿立祖在春分過後七天，下令禁止在天頂的向靈外出悠遊，免得危害人間事物運作。我本來一直被安置在裝滿新港溪水的壺甕裡，如果不是妳母親吵嚷不休，我不會偷溜出來。」

「我不能讓她走。」母親擋住外婆正要牽她的手，態度如鑽石硬度。

「該做的，該求的，我都盡力了。妳要學會放手——」

「絕不放手！除非我一起走。」母親打斷外婆的婉語。

「為什麼？妳陽壽未盡——」

「這是我真實愛的人。」

她心口的鮮血突然自行停止。

3. 沒錯！他看到她奪門而出

沒錯！他看到正瑤奪門而出。

捷運通車時，他把摩托車賣了。搭捷運上下學，搭捷運來景美她住的大廈。直到這一刻，他才恍然原來他遇見她，不是偶然機率。

他每夜在她住的大廈逡巡，期待與她不期而遇，結果都搭最後一班捷運離開。「如果你再回來，等於把我殺了。」她說得那麼斬釘截鐵，讓他不敢回去。白天他漫無目標在都市亂逛，入夜來到她住的那棟大廈，盤旋著，準備著，期待著，一次的不期而遇。一次就好！他喃喃自語：「我回去，她會殺了她自己嗎？也許不會，噢，她會吧……」懼怕的淚珠在眼眶跳動，誰能了解他的痛？上天似乎不給他回到過去的機會了。

他跟蹤她，晃搭著將近十個小時的捷運，然後進了那個莫名奇妙的實驗劇場。小心翼翼站在她左後方三步距離，從頭到尾盯著她。她從頭到尾盯著舞台，眼神渙散如夢遊者。她沒發現他。他沒看舞台的表演。他甚至在暗黑中推開遞過來的玻璃瓶。

突然間，她奪門而出，腳步踉蹌著。

他跟蹤她，奔跑。

她攔了輛計程車。他也跳上一輛計程車。

景美。他看見她踉蹌穿行灰黯的窄巷，進大樓，搭電梯。他從另一部電梯出來時，聽見她把鐵門內的鐵鍊扣旪反鎖的聲音，聽見她倒牛奶，旋開藥罐的細微聲響。

已過午夜了。

他飛跑穿出灰黯的窄巷，奔向二十四小時發車的公路總車站。搶趕上第一時間開向台南的巴士。

凌晨四點不到，他在台南火車站前下巴士；跳上計程車，不到五分鐘，他已經站在漆黑褪色的黯紅大門前。

手中捏著牛皮信封袋，裡面是景美大廈九樓的鑰匙，一張撕裂的活頁紙，惶恐的字跡：「快去看妳女兒。」

往事如雷電迅閃，四、五個月前，她對他說：「如果你再回來，等於把我殺了。」他湧上一陣恐懼的酸嗝，到底有什麼可能的方式守護她？

他舉起右手，握拳，敲擊那兩扇緊闔的黯紅大門。

4・遭雷擊的夢轟然而倒

他在晴空萬里的藍天下，搭著府城公車去看安平古堡。

坐在胖胖中老男司機的後側，他從車窗望見豆綠色的運河。

不知為什麼，他隨意在安平路停靠的一站下了公車。往一座細索斜張的寶藍橋塔漫步行去。

橋面上有車輛穿梭。他納悶著賓士或BMW開得慢吞吞，小貨運車或國產小車卻趕時間般衝鋒陷陣。這座橋北面是老舊低矮街屋，南面卻都是新興大樓，彷彿十九世紀忽然跳躍到二十一世紀。他停駐在行人步道，豆綠色的運河映著他孤寂的身影，像流麗的霞光，悠悠掠過水面。

那時候，為了如今毫無印象的報告，他走進那所第一學府的圖書館。忘記是哪一天，只記得向晚天光金黃，他看到這個憂傷女子時，紅的、粉紅的、白的杜鵑花霧迷離，暮色繽紛。

他在暈眩中回到家，母親一見他臉色，忽然失聲哭了；「你要離開我了。」

「媽，妳不要又神經質了。」他攬著母親肩頭的左手一陣劇痛，連忙甩開；儘管慢了幾拍，他還是感覺到了，原來心臟插了一枝無法自拔的箭。他從此三天兩頭去巡圖書館，與憂傷女子錯身而過的夜晚，失眠讓他琢磨著她隱密在花霧的生活。

其中有一年，她消失在圖書館路徑。那一年，他每天逡巡五條可能通向圖書館的路徑。她再出現時，經過圖書館前的腳步變得匆忙，背包換成大手提袋，總有一疊講義探頭探腦。

他記得五個多月前哭著離開她，也記得不多久前上網搜尋，發現她那對憂傷的眼睛，從電腦銀幕凝視著他；照片、姓名、學校制式化的電子信箱，她教〈本國憲法〉課程，在蒲葵道小福旁的普通教室上課。

當然他怎麼不會逡巡那條蒲葵道呢。

此刻，他站在億載金城亮晃晃的砲臺，望著那個通往護城河的長長橋洞。奇怪，五個多月來，這個畫面一直出現在清晨曙光乍現的夢裡——他很清楚地看見自己站在億載金城亮晃的砲臺上，然後小心翼翼四處張望，緩緩走向那橋洞，這時一陣雷聲劈天劈地響著，聲音悶悶的，像裝上滅音器的槍響，從遙遠的空中飄滾過來。

他不確定是幻聽，還是陽光太螫眼讓他恍惚，他想著：難道所有的愛與夢，就這樣蒸發在空氣中了嗎——詭異的是，真的響著一陣陣悶悶的雷聲。

他看見自己敲林家三進落褪黯的大門，忽重忽輕地，既要夠響又怕吵醒人，無奈的拳頭聲。

破曉將至。那時候，一股玫瑰的氣味，飄逸在靛青的風中，還混合著他辨解不出的花香（薔薇？蘭花？或牡丹？）。他完全沒有聽見腳步聲，只有氣味向他襲來，淡淡的芬芳愈來愈近。他記憶起每日放置在她門口鞋櫃上一朵鮮嫩紅豔的玫瑰，她則任其枯萎，三天或五天都不出門。

氣味在嘆息嗎？他只聽到自己的心跳聲，焦急惶竄。

咿啞聲響起時，那魂牽夢縈的影像，從門縫逐漸展開，驀地映入他的眼眸。太過真實了！以致於他覺得天地如夢虛幻——那是從灰燼裡幻化出來的玫瑰，眼前的她，絕對是玫瑰中的玫瑰，可望不可及的玫瑰，永遠獨處不群的玫瑰。

是銀版照片製成的肖像嗎？同樣的柔潤色澤，歲月被凝凍在皮膚上。那個影像的光焰濃烈，揭開了基因密碼的黑暗玄祕，讓他驚愕得無法言語。

他不記得手中的信封袋怎麼了；是塞給那個太相像的影像，還是墜落地面。如同他無法判斷是震懾於黎明的逼近，或是她的美艷，他本能拔腿奔逃起來。救命，救得了救不了，他都無能為力了。

曾經她在他心臟插下的那支利箭，被那個影像不動聲色涮地拔出來，讓他一直凝在心口的鮮血，噴湧而出。

他以為自己得到寧謐明淨的幸福，把自己夢想的生命彼岸交託給她；那個影像卻無動於衷，一把將他推回此岸的現實。

最後一顆晨星忽閃了一下。

一弧長虹，為黃昏妝點出一道蕭索的孤霞。

他茫茫望著安平外海，北南兩座燈塔，捕魚船在遠處的台灣海峽忽隱忽顯，三鯤鯓碼頭區的東北季風冷冽。工字人字堆疊的防波堤岸，或坐或站的三兩釣者，是他被凍在這個紫藍時空的背景。

寂冷春風，獵獵颳在他臉頰。一整日，他只聽見隱約的酸嗝聲；就像他總是想像她穿上低胸黑絲絨洋裝，閃著柔熟溫潤的風情模樣，但她總是隨意的襯衫長褲。她一點也不像個律師，不像個布爾喬亞積極的中產階級；應該說，她根本無心當律師，她不是律師，只是上帝一時弄錯她的工作——他卻為此深深迷戀她。

她總能讓他的身體飄飄旋旋，他卻無法讓她的心靈安頓下來。他一直感覺自己是被她騎著的雪白天汗馬；但無論他如何努力，他與她的關係，卻總是徒勞打轉，始終無法從高原再往上攀登。她到底在追趕著什麼呢？他從來沒能懂她；只覺得這一路上，白辣辣的陽光螫得眼睛睜不開，而他全身肌肉緊繃，熱流汩汩上湧，體液集結著，隨時等待她的召喚。

她卻總是那麼輕忽，彷彿他不曾存在。

所有因愛情相隨而來的煎熬、忌妒與佔有，當然使他不能忍受她有其他任何男人，然而最讓他感覺無能的，卻是她根本沒有男人。她似乎只愛著一個幽靈——他怎麼能跟個完全摸觸不到的幽靈競爭呢？

如今，他就像置身沒有任何生命跡象的荒蕪大地。他已經不相信未來，完全不對愛情懷抱任何憧憬了。落日沉入黯澹的海浪時，天際突響一聲悶雷。一陣酸楚驀地湧上，他那鮮血噴湧的心臟，轟地，完全被雷擊碎。

潮浪洶洶。

胸口袋內有張鮮血浸泡了幾個月，一改再改，曾經愛意濃情的信箋。此刻已經乾涸了。他顫慄地掏出來。

現在，每一個他看到的字，都紛紛粉碎著：

我佇立在風中，不容易好好思考，但風卻最適宜思念妳的情緒，讓這思念不斷生長和到處紛飛。思念妳的感覺，彷如躺在開滿了罌粟花的田園，眼中閃爍著黃金橘紅的繽紛，鼻翼飄翳著迷醉的香氣，我心甘情願地逐漸陷溺，即使滅頂也無所謂。

我一直想著注視妳眼睛的時刻，因為感覺太幸福而微笑，因為感覺太歡愉而微笑，因為竟然能擁抱妳而微笑。即使妳只是隨便一句「怎麼啦」，或習慣的「等等吧」，也會讓我不自覺地微笑。

我願意用此生，換妳一段真心的愛戀，換妳一個回眸的微笑，甚至只是換妳片刻的歡愉。因為，沒有真愛的生命，對我，人生便是一片荒蕪。

我就像梵谷，瘋狂熱烈的、無窮無盡的，為妳而活……

我多麼渴望，能夠天上人間，永遠與妳相隨……

他放開那張字句粉碎的信箋，任凜冽的海風吹向黑暗裡。

5．保守秘密的記憶必須準確

白山黑水嵐雲，秦山漢水唐雲，全都輕忽忽地流淌而去。白花花的天地中，惟獨她沒有歷史，連似是而非的背景都模糊不堪。

而「他」，站在山陵頂峰，四野風聲颯颯，歷史從八方奔馳過來，穿越空無的她，紛紛搭起「他」雄偉的舞台，塑造「他」巍峨的江山背景。

一座美麗花園盤踞在山麓，白雲流轉，天穹碧藍，陽光璀燦。花園邊側一道小泉瀑歡灑出晶瑩露珠，中央有飛簷起翹的涼亭，安放著四張白玉石椅、八卦型碧玉石桌。這是魔魅的聖域。「他」從嵐煙中飄盪而來，瞳孔映著花影，花影映著陽光，陽光磁吸著她。

她自然而然走了過去，沉靜地坐在石椅上。
「他」俯看著她，無聲地向她訴說隔絕的愛。
她只是聽見泉瀑般的幽微聲響，歎息著：
旅途太遠；人太累；靈魂太黯淡；詩歌都已失傳。

模糊的海
海上，島嶼睡著的時候
庭院的玫瑰正綻放
這是何等強烈的召喚
足以讓深海的珊瑚
在同一個夜晚產出億萬顆卵
在溫暖的洋流漂浮起舞
粒粒晶瑩
一如閃爍的天上繁星
星群歌唱著妳的笑靨
妳一如細雪的肌膚

守候妳在更深的睡眠中
永遠純真的微笑

「他」對她朗誦，映著陽光的眼眸突然燃燒起來，雄偉舞台的聚光燈探照著她，嗡嗡響起的耳語撕裂她的意識。「相信我準確的記憶；」「他」對她吹著輕靈的氣息，低語著：「秘密是：其實妳的血液跟我是一模一樣的。」

6．燈火輝煌的夜色霓裳

「基本上，她吞服的這些藥丸或膠囊，都是四級管制藥品，需要醫生處方箋才買得到。我們從她的胃液中驗出有Stilnox、Eurodin、Kinzolam、Ambien、Zolpidem、xanax等；其中只有一種三級管制藥品：Lendormin，中文藥名『戀多眠』，精神科門診才拿得到。不過，根據藥物動力學，它們都很快就會被腸胃吸收，經過肝臟會被代謝成無藥理作用的化合物，排出體外。她又與牛奶一起吞服，對胃壁產生了保護作用，所以催吐出來的胃液只有一點點；也就是說，她的身體狀況其實沒有什麼大礙。」

「那，為什麼她一直深睡不醒？」

「基本上，像Stilnox具有選擇性活化GABA的作用，會抑制體內神經傳導物質，因此產生深眠的現象。我們比較不解的是，她同時服用Prozac，就是那個在美國幾乎被服用到泛濫程度的『百憂解』，沒有管制，藥房很容易買得到。只是，這是抗憂鬱劑，一般應該在睡醒後服用，可以提升情緒，讓人正常工作和生活。會不會她把藥丸搞錯了？」

「我當時不在她身邊……」

「那麼，我們就耐心等她醒來吧。一次吞服這麼多藥丸的患者，大約需要睡上七、八天。我們觀察看看，也或者她患夢遊而不自知，因此吞了這麼多與GABA作用牴觸的百憂解。」

「她有藥物上癮嗎？」

「基本上，這些藥品是治療失眠、不安、神經過敏、幻覺和抑鬱，物理性依賴——也就是上癮，其實作用不大。倒是，患者心理層面的問題比較大。」

「會有後遺症嗎？」

「可能發生短暫性暈眩吧。不過，一個人睡了那麼久，這也是正常現象。」

這些疲勞的時刻，再也沒有什麼可做了，只除了等待那對深眠的眼睛醒轉。她端麗的身軀不知覺地緩緩斜傾，脖頸找到了安寧的倚靠，一如當初圓胖胖的小天使對她張開柔軟的羽翼。

她謹慎地把皮膚的全部光彩，從羽翼的枝管灌注進去，彷如刻骨銘心的第一次愛戀，她要確保小天使得到全部的美麗，不能恍惚，不能出錯。時間變成一道道燦爛的光譜，小天使羽翼愈見豐腴，張開來是一襲燈火輝煌的夜色霓裳。

她的每一瓣心香都祈禱這個天使純潔自主快樂幸福。

她一不小心打瞌睡了嗎？那個紅蓮糾結的銀蟒身軀，像血色幽靈瞬間突襲……松林、杉林、楓林、櫻花盛開的京都，殿宇鱗次的平安神宮，灰簷紅瓦的古屋群，嫩綠的幽幽松霧，翩飛的孔雀蛺蝶，京都從迷濛山嵐鮮綠櫻紅起來……她來不及說明真相：那是被血色幽靈偷走的月曆和風景圖片，她藏得那麼隱密，小心翼翼守護了那麼些年——從京都寄來的無言相思。

只是一閃眼，她的天使就誤入謊騙的叢林，處處劍刃的荊棘，將美麗的翅膀割裂、折斷，鮮血從傷口湧出。啊呀，她看見自己惶惶奔走，尋試的各種靈藥，都無法使斷裂的傷口癒合，鮮血就是不斷湧出。

她該怎麼辦？折了翅膀的天使如何能翻山越海，飛到每一個夢想的國度遨遊？她從來希望這個美麗天使比她自由，比她堅韌，比她更發揮千百的能力；可是，她卻忘記為天使打預防針，讓她的天使能擁有愛情免疫力。

這是她不可原諒的錯！

她連懺悔都來不及，眼見天使的美麗羽翼化為灰燼了。

7. 迷離流動的金彩光線

千禧年。正焱沉默地遞給她一份房地產權狀，林家三進落大宅登記著「城真華」三個字。

她的人生忽然逆時針快速倒轉起來。將近四分之一世紀前，林王金一死，正森還未滿十八歲，門口鼕鼕響起拳頭聲；新屋主西裝筆挺咧嘴笑著，嘴緣鑲著的金牙螫痛她眼睛。分明登記在正森和正焱名下的大宅，如何被變賣易主？他是監護人，這對兄弟皆未成年，所以就——**我不搬，要死也要在這棟宅裡！**她有生以來失控地大吼。

接著，那段黯然的火車軌道旁的歲月。她帶著三個孩子賃居在剃頭店的長窄房子，正面邊側都是玻璃窗，玻璃門上的藍漆字「黑狗理容院」剝蝕成「黑句王容ㄋ」。她時時刻刻心悸著，一舉一動隨時被路過行人盯瞧，彷彿玻璃缸裡的金魚。

正森當兵的第一年尾，林家三房的堂親炳城小叔幫了忙，向屋主租回，讓她帶著正焱、正瑤再住進那棟大宅。然後是正焱無休無止的「當兵」歲月。然後是正瑤上台北讀大學。

再然後呢？她的回憶已經霧水迷濛，不確定什麼時候搬離了那棟大宅。倒是那隻血蟒身軀終於崩塌時，她跟正瑤坐夜車從台北南下的；她只記得長途的沉默，料理喪事的沉默。

她似乎喑啞失聲了，說話的意願無端消失，聲帶絲紋不動。連隔年再搬回林家三進落都是沉默的，儘管林家大宅登記「城真華」三個字意味著她將老死於此。

那些長途開車搬運的工人甚至也是無聲的。只除了正瑤一聲飄忽的嘆息，她還沒聽清楚，從後廂房急急走出時，女兒已不見人影。只剩庭院一盆盆枯萎的白牡丹，寂寂斜映殘陽。

門口鼕鼕響起拳頭聲時，她悠悠在三進落流轉了多少時光，已經無法計數了。厭倦於一再被風聲開玩笑，她對「幻聽」這個症狀妥協了。**不可能有人來敲門的，尤其在這樣曙光將明未明的時刻**——她躺在床上，對自己愈來愈淺眠感到無奈，同時不斷對自己說：**儘管這是正焱偶而回家的唯一時刻，他總是靜悄悄的，何況他有鑰匙。**鼕鼕又響，她翻轉身側躺，唉。**也不可能正瑤回家來，她連過年都失去蹤影，習慣了就好。**她跟自己對話，也許死神來了吧，那又怎樣呢？她的人生一開始就錯置，能這樣躺在床上，已經沒有怨尤，雖然有種說不清的遺憾，她也不想抗議生命這場拙劣的騙局了。

鼕鼕再響，唉，真是擾人清夢。她再翻個身，自從千禧年搬回這棟三個孩子出生的大宅後，她似乎未曾好好睡上完整一覺，三番兩回驚醒稀鬆平常；年後的這幾個禮拜，特別春寒，她白日恍惚打瞌睡，深夜在淺夢中瞪大眼珠，沒由來就襲上一陣心悸。有時幾天沒出門，三餐忘了兩頓。每個禮拜天，固定下午三點，會有年輕男孩準時提來兩大袋各式鮮蔬魚肉；男孩不敲門，只喊聲：「送貨的。」她知道是正焱差使送來的，有時懷疑他在某個角落裝了監看她的儀器，有時安慰自己多虧兒子貼心，有時還揣想到是炳城妻子月里的善意。後來，她不再推論，不再想像，只負責每日煮食。或三個禮拜，或一個月，最長一個週期是七個禮拜，她沒吃完冰進冰箱的食物會莫名被消滅，同時擺置景德鎮青瓷花瓶的紅木桌几上會有一個牛皮信封袋，一疊看似剛從印鈔機印好的連號新台幣。她其實根本沒有花錢的機會，新台幣就順手塞進三尺高的青瓷花瓶裡。

鼕鼕還響不休。她以為又是那隻不知名的鳥叫聲，唧啾唧啾唧啾……唉，自從去年冬至她確定聽見的是鳥叫聲後，那隻鳥也夠忠實，天天清晨叫喚。這世界，只剩那隻鳥證明她還在呼吸吧；她想，為什麼跟所有親友都疏離了呢。她就一個人，守一棟大宅，有個看不見身影卻存在的小兒子，有個消失蹤影的女兒；噢，似乎還有個宣告破產早就失聯好些年的大兒子。

鼕鼕響。

唧啾，唧啾，唧啾……

唧啾！唧啾！唧啾！唧啾！

奇怪，那隻鳥在這個清晨特別吵嚷。她慢慢好奇起來，由於她對自己古怪的幻聽愈來愈有信心，所以她緩緩坐起身，將頭顱順時針逆時針地各轉動十二圈，通常在第二十圈以後，那隻鳥的叫喚會慢慢歇止，二十四圈都轉完後，她的幻聽也會消失。嗯，果然；她的嘴角閃過一抹陰鬱的笑，對於判斷與行動後的準確結果有種失落的勝利。唉，再睡一下吧。她躺回床中央。

唧啾！唧啾！唧啾！唧啾！唧啾！

她朦朦朧朧從那個不可靠的億載金城橋洞望見一道金光，悶雷鼕鼕飄響，隨著金光向她的夢境罩過來。她再度聽到那隻鳥叫，彷彿待產房裡女人生產的哀嚎，她想起自己生產倒是沒怎麼哼叫，儘管痛裂心肺（**放聲哀嚎是多麼不體面的野蠻行為哪！甚至她還是嬰兒時的哭啼都是優雅的**），到了正瑤出生時，她只是悶哼一聲而已。

唧啾！

赫，那隻鳥發生什麼事情了。她再坐起身，再轉完二十四圈頭顱，被最後這聲叫嚷帶到離奇的靛紫晨光中。她從來不是好奇的人，不過，好吧，她離開床，披上白棉外套，靜悄悄推開臥室的門，躡足行走。那鳥，叫成這樣惶慌，最怕驚動。

來到廳堂，她破天荒第三回合轉完二十四圈頭顱；嗯，確定自己不是幻聽。現在，她仔細聽著聲音傳響的方向，叫聲顯然從庭院來。

唉。她躡著腳步。**可憐的鳥，其實我也幫不了什麼忙。唉。**

她走在庭院青石板上，經過那株鬚根四垂的榕樹，幽幽飄飄的過往記憶正要張揚；唉，放下過去吧。現實是倚靠著牆角那一排白牡丹盆栽，不管她如何努力，依舊枯萎的枯萎，勉強成長的則是奄奄一息。南台灣的氣候，就是不適合，唉。

唧啾！唧啾！唧啾！唧啾唧啾唧啾——

那鳥叫聲很焦急，壓抑著什麼傷慟似的。

讓她驚奇的是，聲音竟然從門縫穿越進來。

破曉將至。

她小心翼翼開著門，咿啞，咿啞——

門開的霎那，一道流動的金彩光線，螫著她的眼睛。

恍惚的閃電。那個魂縈夢牽多年的影像，從門縫逐漸展開，驀地映入她的眼眸。

那個影像的光焰是如此金彩，以致於她跌落迷離的少女時代。

同樣的膚色光澤，歲月凝凍在那對眼睛裡；少年炳國如此真實地在她眼前！他手中還拿著牛皮信封袋，一如當年，只是當時她不知道信封袋竟是今生的告別。這是夢嗎？他從灰燼裡幻化出來，是相會？還是要再度告別？

多年前，他寄給她那些京都風景圖片和月曆，佈下重重疊疊的生死情愛謎語，讓她一直陷溺在千尋海溝底；雖然只需一彎淺水就足以溺死愛情了。經過多年後，她才終於說服自己不再涉水追尋，不追尋真相，不追尋愛情，也就不招致瘋狂。事物的秩序，不是這樣嗎？

然而，此刻，她與他對望。

咫尺之近。

他看她，為什麼驚愕？

那眼神瀰漫著一種無法言說的曖昧氣氛，永恆的軸承似乎有些微偏斜。

她用力看他。迷離的少女熱情多年後被再度點燃，噢，不，她抵抗著。

他們一動不動地對望著，像兩座雕像，沒有一個人跨越得了這咫尺距離。

晨光乍現。

突然他轉身狂奔。

她的幻覺消逝了。

她摔回現實時，手中握著牛皮信封袋：一串鑰匙，一張撕裂的活頁紙。

第一時間，她腦海中閃過牢牢記著的十個交互組合阿拉伯數字。只要拿起電話按鍵，按出這十個數字，電話鈴聲會開始響，儘管不會被接聽，卻是她在緊要時刻找正焱的唯一方法。

只是，此時此刻，有需要嗎？

她暫且闔上門扉，快步轉回廳堂，紅木桌几的青瓷花瓶，她伸手掏出一疊連號新台幣。搭上第一班到台北的飛機。

8 ▪ 不斷升騰的芳香面龐

隱隱約約浮顯出一大片的綠玉樹，彷若回到安平沿岸的防風林——她最後與「他」告別的地方——那個充滿豪情喊著：「要就一切，要不全無！」追尋英雄的熱血青年，頂著逆颳的東北季風，用哆嗦的手撫過她稚嫩的臉頰，從此化作灰燼。再出現時，卻對她說：「讓我陷入困境的不是無知，竟是那些看似正確的誤謬論斷。我發現真相遠比虛構的小說還不可思議。」一悲傷的黯影黏住這個遁隱在黑暗社會的二哥。

愛是靜寂森林裡最後掉落的一片葉子。

唉。

那永不止息的O—NI—O—NI，一直在意識大海漂流，漂流。世界一無所剩，只有這輕輕鳴響，漂流著；是死亡的引擎，還是心臟的噗動？

這最後的時刻，就算完全沒有通向出口的門窗，就算陰影瀕臨，她還是應該看最後一眼吧。這命運的最後一站：

金銀香閃的光暈，哦，必然的，生命最後的光芒。在雪白光暈中，她看見自己往日的模樣，神情憂鬱，閉著雙眼，身軀斜傾，脖頸倚靠在沙發扶手間。原來這就是我，皮膚柔嫩，面龐芳香，長長睫毛凝著待落的露珠。她滿意地跟自己對話：不管是昇天或下墜，這個美麗模樣很迷人；如果有所謂的審判，這個美麗模樣很無辜。

她看著自己，愈看愈癡迷。以致於忽略了那些不屬於她的細節，如無限苦楚的眼角細紋，和鼻翼發出的O—NI—O—NI輕聲嗚響。

現在，她很滿意，決定閉上雙眼，準備走了。

自己的那張芳香面龐不斷升騰，她腳下的世界白花花、輕飄飄。嗯，過去紛紛抹除，未來無關於她，難得這樣安寧的時刻……她穿著一襲素白浮印著牡丹花紋的真絲旗袍，長髮挽成一個蓬鬆的髻，手裡拿著素面白緞做的橢圓形錢包，站在庭院的月光下，明麗耀眼，連『不了情』濃眉大眼的林黛都黯然失色。銀幕的影像讓她感傷，劇情讓她憤怒，電影一完，她衝出戲院，氣呼呼唸著：「其實男人都是負心的，就像『不了情』演的，林黛為了關山去做歌女，結果他還是誤會她，等她病死，他後悔有什麼用。這林黛不該嫁給那個不肖的龍繩勛，不到三年呢，他就逼得她自殺。唉，女人都是痴心的。男人都是負心的！」林黛包著頭巾走過寒雨蕭蕭的長巷……

奇怪，她怎麼會看見這些景象，說這些話呢——突然之間，她看見自己睜開了雙眼。

她與她凝視著。

林黛包著頭巾走過寒雨蕭蕭的長巷……她穿著粉藍色的蓬蓬裙洋裝，領口袖口鑲著荷葉邊。正焱笑得開心，說：「這可是我們家唯一的女孩，她是最美麗維納斯。」她忽然冒出一句抗議的話：「我要作戴安娜，她保護森林，是所有『露水般小生靈』的呵護女神。」當時她想著希臘神話書寫的維納斯，說她是『上昇的泡沫』，她才不要變成泡沫呢！她要做戴安娜，她不但是月神，而且最重要的——她有銀箭！那銀箭會射殺婦女，讓她們毫無痛苦地忽然去世。「赫，真是令人刮目相看，原來妳要原野的狩獵女神，那可是個純潔少女與黑夜獵女的奇異化身。」這是馮疆說的吧。然後呢？林黛哀哀怨怨唱著：「忘不了，忘不了，忘不了你的錯，忘不了你的好。」啊，她忽然覺得心口緊絞，鼻頭一酸，淚水滾落腮幫，那歌為什麼一直痛苦哼唱；有條手帕遞過來，正焱低聲貼著她耳朵說：「只是電影而已。」那手帕有她熟悉的正焱氣味。電影散場了。

奇怪，她怎麼可能這樣說話呢——突然之間，她看見自己睜開了雙眼。

她凝視著她。

她們都看見盛裝在彼此眼眸裡，一模一樣的孤獨，就要決堤。

她穿白素棉衫長裙，像尊白衣觀音。她那件米白喀什米爾連帽披風摺疊得四四方方，放在床頭。

O—NI—O—NI的輕聲鳴響靜止了，她們彷彿置身幽暗寧謐的雪白聖心堂。她緩緩站起，走向一扇昏澹的玻璃花窗，推開一道小縫，春夜涼爽的空氣滲了進來。

一個短暫的停頓，她轉過身來，凝視著她，好幾秒鐘的間歇。

她仰臥著，目不轉睛，一切如此恍惚，發生了什麼事？為什麼她跟她在這裡？這裡是哪裡？

她默默靠向她，輕輕地撫摸她的胳膊，撫摸她的長髮，撫摸她的臉頰。

她撫摸了她很長時間，直到她覺得她眼中的恐懼漸漸消除，直到她再度閉上她的雙眼。金銀香氣中飄逸著白牡丹的淡淡幽香，那是她襁褓時刻，躺在她懷中的氣味；她終於可以安心睡覺了。

她一直撫摸著她，直到確定聽見死亡不耐煩的跺腳聲，之後，跺腳聲輾轉成馬蹄飛奔的輕咄聲，確定往遠方去了。

現在，她緩緩發出O—NI—O—NI的輕聲鳴響，終於睡著了。

〔跋〕風華滄桑

◎陳燁

他們走過戰火邊緣的市街，寒夜微雨，來到一座廢棄的教堂。後院的墳塚邊有面斑駁的牆壁；男人撥去覆蓋的塵埃，牆壁赫然出現了一首殘詩：「熊熊烈火，燒盡古今英雄魂。熾熱的火光燃燒後，留下的是歷史殘骸？抑或撥開灰燼，露出一顆璀璨的鑽石？」

誠如【封印赤城】系列的作品，這部《鎏金風華》是以主角林正瑤來串起整部小說的脈絡，遙遙呼應著【封印赤城】系列的人物故事，正如同《有影》、《玫瑰船長》，主角根植於府城，卻身陷於台北國際大都會的憂鬱，展開了不同視角的各種情愛故事。這是一部愛情與鄉愁交織的故事，訴說著現代男女看待情愛的無奈，甚至荒誕。我一面爬梳著主角內在深處的悸動騷躁與不安，一面讓外在人物如流水般鮮晃而過。到底主角磨勵的內在是灰燼，還是剝開灰燼後暗露的鑽石？交錯穿插的故事自有一番告白。

伴隨著林正瑤走過的足跡，西拉雅族的血緣身世被帶出來，文本有較為淺層的描繪。同時，穿插著獨幕舞台劇形式的一大段寫繪，也是這部小說的大膽嘗試。組合不同文類呈現快速流變的台北都會風貌，其中的台北人，也大同小異地罹患了都會文明的各種症候群，每個人包裹著膠膜以一種安全距離與人相會交往，二十四小時都有過客熙攘進出。

這部長篇小說從主角林正瑤來到台北城鋪展開來。所有變遷與滄桑，由主角周邊輻射而出，一一羅列過客們的人生現實。

所謂都會史的現實，是麇集過客的現象史，且過客都有個等待歸去的故鄉，農曆春節幾成空城的大台北都會，類同於紐約等國際都會聖誕年假的空蕩。除了沒完沒了的個別事實羅列，在沒有體系歸類的都會史裡，台北倒也熬燉出她特有的人世餘味；儘管時而失序，甚至混亂，在喧嘩與騷動之間，大家總會面帶微笑，盡其所能妝扮出最風華的鎏金模樣。

相較於這樣空洞的模樣，主角身上的鄉愁還是最質樸的生存根基，結尾一場母女交會，最終還是挽回了主角存活的意志。風華成了滄桑，人生現實的頑強抵禦了浮華的外貌，最終歸去的，還是母親鄉愁的呼喚。

謹以此書，呈現給所有在家鄉等待孩子歸來的母親。

釀文學57　PG0664

鎏金風華

作　　者	陳　燁
責任編輯	林世玲
圖文排版	蔡瑋中
封面設計	王嵩賀
出版策劃	釀出版
製作發行	秀威資訊科技股份有限公司 114 台北市內湖區瑞光路76巷65號1樓 電話：+886-2-2796-3638　傳真：+886-2-2796-1377 服務信箱：service@showwe.com.tw http://www.showwe.com.tw
郵政劃撥	19563868　戶名：秀威資訊科技股份有限公司
展售門市	國家書店【松江門市】 104 台北市中山區松江路209號1樓 電話：+886-2-2518-0207　傳真：+886-2-2518-0778
網路訂購	秀威網路書店：http://www.bodbooks.com.tw 國家網路書店：http://www.govbooks.com.tw
法律顧問	毛國樑　律師
總 經 銷	聯合發行股份有限公司 231新北市新店區寶橋路235巷6弄6號4F 電話：+886-2-2917-8022　傳真：+886-2-2915-6275
出版日期	2012年1月　BOD一版
定　　價	270元

國家圖書館出版品預行編目

鎏金風華 / 陳燁著. -- 一版. -- 臺北市：釀出版, 2012.01
面； 公分. --（釀文學；PG0664）
BOD版
ISBN 978-986-6095-73-3（平裝）

857.7 100024960

讀者回函卡

感謝您購買本書，為提升服務品質，請填妥以下資料，將讀者回函卡直接寄回或傳真本公司，收到您的寶貴意見後，我們會收藏記錄及檢討，謝謝！
如您需要了解本公司最新出版書目、購書優惠或企劃活動，歡迎您上網查詢或下載相關資料：http:// www.showwe.com.tw

您購買的書名：______________________________

出生日期：________年________月________日

學歷：□高中（含）以下　□大專　□研究所（含）以上

職業：□製造業　□金融業　□資訊業　□軍警　□傳播業　□自由業
　　　□服務業　□公務員　□教職　□學生　□家管　□其它____

購書地點：□網路書店　□實體書店　□書展　□郵購　□贈閱　□其他

您從何得知本書的消息？

□網路書店　□實體書店　□網路搜尋　□電子報　□書訊　□雜誌
□傳播媒體　□親友推薦　□網站推薦　□部落格　□其他________

您對本書的評價：（請填代號　1.非常滿意　2.滿意　3.尚可　4.再改進）

封面設計____　版面編排____　內容____　文／譯筆____　價格____

讀完書後您覺得：

□很有收穫　□有收穫　□收穫不多　□沒收穫

對我們的建議：______________________________

____

____

____

請貼
郵票

11466
台北市內湖區瑞光路 76 巷 65 號 1 樓
秀威資訊科技股份有限公司 收
BOD 數位出版事業部

....

（請沿線對折寄回，謝謝！）

姓　名：____________________ 年齡：________ 性別：□女　□男

郵遞區號：□□□□□

地　址：____

聯絡電話：(日) ______________________ (夜) ________________________

E-mail：____